A ESCRAVA ISAURA E O VAMPIRO

BERNARDO GUIMARÃES
E JOVANE NUNES

WARNING - AVISO

Esta é uma obra de ficção baseada na obra original escrita por Bernardo Guimarães e publicada em 1875.

Toda semelhança é proposital, e as diferenças também. Aqui você encontra uma nova versão do clássico, com todos os elementos do imaginário que povoam nossa literatura.

A escrava Isaura e o vampiro

clássicos fantásticos

lua de papel

Direção editorial: Pascoal Soto

Editor: Pedro Almeida

Produção editorial: Talita Camargo e Marília Chaves

Revisão: Gabriela Ghetti de Freitas

Capa: Retina 78

Projeto gráfico, ilustrações e diagramação: Osmane Garcia Filho

Dados Internacionais de Catalogação na Publicação (CIP)
(Câmara Brasileira do Livro, SP, Brasil)

Nunes, Jovane
A escrava Isaura vampira / por Bernardo Guimarães ; [adaptação] Jovane Nunes. — São Paulo : Lua de Papel, 2010. — (Coleção clássicos fantásticos)

ISBN 978-85-63066-31-2

1. Guimarães, Bernardo, 1825-1884 2. Ficção - Literatura juvenil I. Título. II. Série.

10-08843 CDD-028.5

Índice para catálogo sistemático:
1. Ficção : Literatura juvenil 028.5

2010

Av. Angélica, 2163 – conj. 175/178
01227-200 – Santa Cecília – São Paulo – SP
Blog da Lua: www.leya.com.br/luadepapel
Twitter: @luadepapel_BRA / @EditoraLeya

Guia para leitura

O Romantismo na literatura brasileira é aquele movimento que começa em 1836, com o lançamento do livro *Suspiros Poéticos e Saudades*; e vai até o lançamento de *Memórias Póstumas de Brás Cubas*, em 1881. É um movimento marcado pelo subjetivismo, escapismo, sentimentalismo exacerbado, vontade de se suicidar e culto à natureza. O índio, o camponês e o escravo, sempre idealizados, eram os heróis e protagonistas dos romances românticos. Isaura, por exemplo, sabia falar francês e tocar piano. O Romantismo era a vontade, o sonho de mundo onde o ideal vence no final. Para entender melhor, o romantismo é o mesmo que o estilista Clodovil Hernandes, com sapatos bicolores e terno bordado em cristais, cantando "Fascinação" num karaokê da Paulista.

Este livro que você está prestes a se aventurar a ler é uma obra romântica, portanto bela. Nas próximas páginas, tudo deverá ser encantador e pueril. Ao ler, tente ouvir a narração pela voz de um locutor de FM, desses que fazem traduções de músicas americanas. Também é preciso dizer que, tratando-se de um livro meigo e, terno, o leitor deixe para depois a curiosidade pornográfica e com o que resta de saudável em sua imaginação, ajude-me na confecção da obra. Se a descrição dos lugares e caracteres não estiver suficientemente frufru, desconsidere e pinte você mesmo o quadro. Acrescente, a gosto, muitos adjetivos além dos que coloco. Não existe prosa romântica sem adjetivos.

Atenção! Vamos começar a narrativa.

CAPÍTULO 1

Nasce o sol, este rebento que é o imperador caloroso de todos os astros. Ao despontar, o mavioso astro rei jorra seus raios como filetes de ouro sobre a casa-grande de uma soberba fazenda. A luz, tal qual a razão quando invade a mente do ignorante, inunda de vida nova o belo jardim repleto de plantas nativas... Não. Repleto de robustas e doces plantas europeias, dessas que sabem até falar francês e não guardam em seu âmago os filhotes do mosquito da dengue. Assim é mais romântico. Essa aurora matinal traz consigo a entusiástica manhã de um florido dia do suntuoso mês de março no majestoso século XIX. Amanhecer que, precisamos dizer, veio antes do meio dia e é o começo de novos e soberbos tempos. Esta bucólica fazenda em questão, situada na zona rural do município de Campos, amável e aprazível Campos, no interior do Rio de Janeiro, é o paradisíaco lugar onde começa a nossa empolgante história. O dono da fazenda e senhor de tudo é Leôncio Pai, pai de Leôncio filho, o popular Rubens de Falco. Leôncio Pai, por ter muito dinheiro e muitos bens, é riquíssimo. Graças ao ciclo econômico do café, do pãozinho francês e da Cleybon Cremosa, Leôncio Pai tornou-se o grande monopolista do desjejum brasileiro. Todos tinham que se submeter às vontades daquele senhor de engenho, caso contrário, ficariam até meio-dia sem comer nada. Lula, séculos depois, ainda lutava contra esse mal que se abateu sobre o impávido Brasil lançando o "Fome Zero", onde pelo qual cada brasileiro deveria comer três vezes ao dia. Ronaldo fenômeno abraçou a causa de Lula com fervor e devoção, às vezes fazendo até sete refeições. O Comendador Leôncio Pai, também conhecido com Senhor de Engenho por engenhar vários golpes, manda vir da Europa, terra onde moram muitos europeus, uns móveis e outros utensílios. Graças a este gesto, o imperador lhe concede um novo título e Leôncio Pai deixa de ser comendador e passa a ser encomendador. O agora encomendador divide o seu precioso tempo entre fazer suas encomendas, a família, a igreja e a prática da pedofilia. Mas isso é outra história. O que diverte a todos nas calorentas tardes campistas é ver Leôncio Pai atirar em mendigo e bater em travesti. Mas, cuidadoso com a criação do filho assim como é com seus nelores, o zeloso Leôncio Pai percebe que falta a Leôncio Filho o arcabouço teórico necessário para que toda a sua canalhice venha à tona. Leôncio Pai, determinado, manda o filho à Europa para tornar-se advogado nos bancos de Coimbra. Pensa: como Advogado, meu filho não será conhecido apenas como Leôncio filho, mas como Leôncio fdp.

CAPÍTULO 2

Pronto! Viajamos dez mil quilômetros nas asas da imaginação e, como um raio que atravessa as galáxias, cá estamos em Portugal, na bela Coimbra, lugar onde Leôncio Filho foi matar a sua sede de conhecimento buscando a água fresca que é a sabedoria na nascente que é a universidade. Neste refrescante capítulo, nos debruçaremos sobre os maviosos dias que Leôncio Filho gastou na Europa onde fez vários amigos e os influenciou. Sua amizade com Adolph Hitler, por exemplo, fez este austríaco caridoso e companheiro de todos os povos mudar seus conceitos. Ficou conhecido também por suas bizarras práticas sexuais, Leôncio chocou Amsterdã ao usar uma rapadura durante um coito. Certo dia, tomado pela bebida embriagante do deus Baco, Leôncio entra na carroça errada e, em vez de ir à faculdade, vai à Romênia. Ali conhece o Conde Drácula, amigo do Conde

D'eu. Drácula se encanta com as histórias de Leôncio. Os dois, tais como Eros e Tánatos, começam a se lamber. Em pouco tempo, as lambidas já não bastam e os dois, como Tristão e Isolda, partem para as mordiscadinhas. Leôncio morde a ponta da orelha de Drácula que não aguenta, vira morcego e voa serelepe pela sala. Leôncio, numa loucura de amor, pega um estilingue e tenta acertar Drácula que dá um rasante e choca-se com Leôncio. Drácula desvira-se em gente e os dois caem, às gargalhadas, dentro do caixão *king size* onde o conde dorme. Puxam o edredom e mordem-se a noite toda. Sem o cuidado da camisinha, Leôncio contrai uma das mais maléficas e incuráveis entre todas as doenças sexualmente transmissíveis, o vampirismo. Passa a se alimentar de sangue, e o chouriço se torna o seu doce preferido. Esse detalhe, ser vampiro, aqui no Brasil, ele esconde do pai e retira do seu *Curriculum Vitae.* Percebendo que há muitos advogados na Europa e que muitos deles são vampiros, ele desiste do direito e se forma em pedagogia. Resolve voltar ao Brasil, mas Drácula, completamente envolvido por Leôncio, diz que também virá. Para despistar, Leôncio diz que não irá ao Brasil, e sim à Noruega, onde há o famoso sol da meia-noite. Drácula desiste. Pensando em sua volta, Leôncio já se imagina rei do Brasil, além de rico, ele é vampiro e pedagogo, está com a faca e o queijo na mão. O que ele não percebe é que o brasileiro até aceita esse negócio de chupar o sangue do outro, mas vampirismo o brasileiro não aceita. E tanto é que até hoje nenhum vampiro ganhou o "Big Brother Brasil".

CAPÍTULO 3

Como um Ulisses que chega à região da Nemeia, chegamos ao capítulo 3 da nossa odisseia. A essa altura inicial do campeonato, eu e você, leitor, não estamos preocupados com quem matou quem ou com a solução de algum mistério, o que nos importa é apenas o romântico e suave som que sai da sala da casa-grande. Aos ouvidos, este som soa com um canto de ninfas, todas elas peladas, com copos de caipirinha na mão. Mas isso é outra história. O que romanticamente nos importa aqui é que há num cantinho do jardim um enorme sapo, imagine aí, caro leitor, um sapo bem bacana. Pois esse sapo observa com cara de estátua uma suculenta muriçoca pousada numa folha de planta europeia. A muriçoca é uma dessas muriçocas de família que não andam com qualquer um e que passam dengue para os outros. É uma dessas muriçocas patricinhas que às vezes a gente vê pelo Leblon ou lá pelos lados da Oscar Freire. O mosquito que pretenda namorar essa muriçoca terá que ser um desses mosquitos de padaria chique, desses que pousam em croissants e baguetes. Acontece que a música que vem da sala parece hipnotizar a muriçoca que, sem perceber, recebe uma linguada de sapo e pronto, mais uma vida sucumbe aos ditames da cadeia alimentar. O sapo é um desses que de tão gordo parece um vigilante que ficam na portaria das repartições públicas identificando as pessoas que entram e fazendo aquelas bolas com etiquetas usadas. Feliz e pomposo pelo golpe bem dado na muriçoca, o sapo não percebe uma coloridíssima cobra que espera o desfecho da refeição do sapo e pumba! Engole o sapo. A cobra parece com uma daquelas pessoas bem magrinhas de nariz muito arrebitado que ninguém sabe aonde mora nem de onde veio, mas que são superamigas de quem ela possa tirar algum proveito. Um preto que trazia água num tonel pega um pau e mata a cobra. O preto parece uma dessas pessoas que, quando vê uma cobra, já vai matando porque tem medo de coisas misteriosas. Mas isso é outra história, deixemos a vida seguir normal e selvagem nesse jardim que é um pedaço do mundo, mas não é o todo. O que importa é que por entre a porta entreaberta escapava os acordes de uma tão inebriante melodia. Por um instante, esta música guia nossos sentidos e num breve momento já estamos no interior da sala. A decoração impõe-se pelo forte e rústico estilo dos móveis, todos europeus desses que falam francês. A madeira de que são feitos é dessas bem vagabundas extraídas das inesgotáveis florestas tropicais. Mas quem produz esse som extasiante? Basta uma olhadela pela imensidão da sala para vermos que o som é produzido por um berimbal tocado por delicadas mãos. O drama que embeleza ainda mais aquela melodia é que as mãos que a extrai são mãos acostumadas à colheita de suculentas canas no inóspito canavial. Sim, são mãos de uma escrava. Isaura é seu delicado nome. Isaurinha para os íntimos da casa-grande. Como é bela. Eu poderia, caro leitor, gastar onze páginas apenas descrevendo a beleza inigualável de Isaura e a leitura não seria enfadonha. Mas, para que recuperemos o tempo que gastamos com o sapo, a muriçoca, a cobra e o preto que trazia água no tonel e também para firmar a imagem de Isaura na vossa mente, basta dizer que ela era idêntica, sem tirar nem pôr à atriz Lucélia Santos quando jovem. Nem tudo era alegria na vida de nossa heroína escrava. Isaura não se conformava com a cor da sua pele. Enquanto todos os escravos eram negros, ela era branca. Branca como um lençol em propaganda de sabão em pó. Se a colocássemos vestida de enfermeira em frente à uma duna de areia num dia de sol, Isaura simplesmente desapareceria na paisagem. Na senzala era conhecida como "galega azeda do zói azul". Se a vida de escrava naquele tempo já era difícil, imagine como seria hoje para Isaura, ela não poderia nem se beneficiar do sistema de cotas na universidade.

CAPÍTULO 4

Como foi possível o fenômeno da existência de uma escrava branca se o pré-requisito para ser escravo no Brasil era ser negro? Era Isaura albina? Havia um sistema de cotas para pessoas brancas no fechado segmento da escravidão no Brasil? Se tivesse sido importada da África como foram os primeiros e muitos outros escravos, Isaura não passaria pelo controle da Receita Federal e seria devolvida por defeito de fábrica. Mas Isaura nasceu aqui e é bem brasileira. Vamos voltar no tempo e descobrir como nasceu a bela Isaura. Leôncio Pai, pai de Leôncio Filho, na época era filho de Leôncio Avô. Homem de hábitos sólidos e rotina inabalável. Às segundas e quartas, ia à sauna com amigos escravocratas; às terças e quintas-feiras, tinha a tarde reservada para castigar os escravos. Foi numa dessas belas tardes de quinta que, enquanto surrava uma velhinha, Leôncio viu uma bela negra. Seus olhos ficaram cegos para tudo e ele só conseguia ver as belas costas nuas e ensanguentadas da negra recém-castigada. Foi amor à primeira vista, ou à primeira chibatada. Não houve possibilidade de fuga para o coração malvado de Leôncio Pai e ele se prendeu à escrava. Negra Filó era o seu nome. Era negra como as asas de uma gaivota negra. Se a colocássemos num belíssimo vestido Chanel todo preto numa noite escura carregando uma radiografia, ela simplesmente sumiria na paisagem. Leôncio Pai quis fazer amor com negra Filó ali mesmo ao pé do tronco, mas foi rechaçado. Leôncio argumentou que ela não o queria porque ele era branco e ela era preconceituosa. Mas, sendo sua propriedade, deveria servi-lo mesmo contra a sua vontade. Filó disse que não se escraviza um coração e que só é possível comprá-lo se a moeda corrente for o amor. Leôncio, comovido com as belas palavras da escrava, e chicoteou-a novamente. O que Leôncio Pai não sabia e você leitor também não sabe é que negra Filó estava grávida. A criança, que tão jovem no útero da mãe já sofria os ditames desse mundo cruel, tinha um pai, era Miguel, o feitor da fazenda. Tomado de amores pela escrava, Miguel não suportou ver a sua amada Filó sucumbir frente às dores do tronco. Miguel levou-a para dentro da floresta e lá, numa choupana, cuidou para que ela se recuperasse. Sete meses depois nasceu a jovem Isaura, mas negra Filó, sem ter feito um pré-natal, uma consulta se quer, não suportou as dores do parto e partiu dessa para uma melhor. Foi ser escrava lá no reino de Deus. Calma, católicos enfurecidos. Todos nós seremos escravos, presos ao amor de Deus e, aí sim, estaremos alforriados do pecado. Lembrem-se: só Cristo liberta e o *habeas corpus* também. Miguel levou a criança para a fazenda de Leôncio Avô, pai de Leôncio Pai que, por sua vez, é pai de Leôncio Filho, o vilão desse romance. Esse mundo cheio de amarguras e incompreensão às vezes nos surpreende e nos traz momentos de belo resplandecer. Leôncia Mãe, esposa de Leôncio Pai, ao ver a bebê Isaura no colo de Miguel, o feitor, se encantou e se encheu toda de amores pela criança. Numa reviravolta do destino e dos costumes, Leôncia virou mãe de leite de Isaura. Criou e educou a pequena escrava como se filha própria ela fosse. Isaura, aos quatro aninhos de idade começava a frequentar as melhores escolas da rede pública de ensino da época. Graças a isso, com vinte e dois aninhos já sabia ler e tocar berimbal. O sistema educacional da época era muito injusto, enquanto os filhos da elite eram obrigados a estudar coisas chatas como matemática, ciências e filosofia, os poucos negros que tinham acesso à escola cumpriam apenas duas divertidas disciplinas berimbal e capoeira. Isaurinha ainda era uma criança quando Leôncio Pai mandou Leôncio Filho estudar em Coimbra. O vilão não viu a jovem flor desabrochar. Quando voltou da Europa, teve uma grande surpresa ao vê-la. Que surpresa foi essa? De que forma inesperada, beirando a tragédia, se deu o encontro dos dois? O que o investigador Peçanha tem haver com isso? Eu, como escritor desse livro, garanto que é uma surpresa dessas que não deixam a gente parar de ler até descobrir tudo.

CAPÍTULO 5

O leitor atento deve estar se perguntando o que aconteceu a Leôncio Avô, pai de Leôncio Pai. Calma, apressado leitor, aqui nenhum personagem desaparece da história assim do nada, sem explicação. O bom autor, aquele que exige que sua literatura seja de bom nível, deve colocar uma GPS em cada personagem seu. Assim ele não se perde quando, por exemplo, sai para comprar cigarros na esquina. Leôncio Avô, infelizmente teve uma morte trágica. Andava por uma trilha em sua fazenda quando um formigão venenoso o mordeu na ponta do nariz. Dali a vinte minutos, Leôncio Avô veio a falecer.

CAPÍTULO 6

Leôncia Mãe, a quem Isaura chama de mãe, nada mais justo já que mamou na doce velha até os dezessete anos de idade, encostou-se na beira do banco e ouviu feliz a filha escrava tocar o concerto para piano número três em ré menor de Sergei Rachmaninov no berimbal. Ao final do breve sarau, Leôncia Mãe beijou as mãos brancas de Isaura como se beijasse as mãos de Sivuca. Isaura disse que amava a mãe escravocrata, e a mãe retribuiu confidenciando que só seria feliz quando Isaura se casasse com um belo moço rico e proprietário de muitos escravos. Isaura, ali mesmo, coberta de emoção, disse que não se importava, já que a felicidade é aquela sala, com aquele frescor e o som inebriante de Rachmaninov executado ao berimbal. Argumentou também que o casamento com um jovem rico, escravocrata e filiado ao DEM (Partido Democratas) é um sonho distante, pois ela não passa de uma humilde escrava.

Nesse momento aconteceu uma dessas cenas de puro amor, de entrega, dessas que quando vemos no cinema nos correm as lágrimas. Cenas emocionantes e inesquecíveis. Entre tantas, vou dar um exemplo. O caro leitor lembra-se de “Rambo” quando, depois de relutar muito, John Rambo diz ao coronel que irá ao Vietnã ajudar os talibãs a libertar um bando de soldados aposentados que estavam presos? Aqui se passou algo semelhante. Leôncia Mãe tirou um documento de dentro do sutiã, assinou e disse: amo mais a ti que não é filha do que meu filho Leôncio que é carne da minha carne. A velha entregou o documento à Isaura, era a sua carta de alforria. A jovem, ainda comovida com o gesto, leu o passaporte de sua liberdade, relutou um pouco, entortou a boca como fez Silvestre Stallone ao interpretar Rambo, guardou-o entre os seios dentro do sutiã e começou a sonhar. Sim, Isaura, agora tinha direito a sonhos. Mas não se pode ser livre impunemente. Daquele dia em diante, Isaura deveria declarar o imposto de renda.

CAPÍTULO 7

O leitor aflito, aflitíssimo deve estar se perguntando: o que aconteceu à doce velhinha Leôncia Mãe? Sim, aconteceu algo. Vou adiantar uma informação, mas não diga nada a ninguém, nem mesmo a Isaura. Ela só saberá disso no capítulo 9. Logo após a entrega da carta de alforria, um calango venenoso mordeu o dedão do pé de Leôncia e ela veio a falecer dali a vinte minutos. Na época do império, o Brasil vivia tomado de bichos peçonhentos.

CAPÍTULO 8

Duas características fazem de Leôncio um camaleão, um sujeito que não parecia ser o que era, um vampiro. Era brasileiro e não havia no mundo notícia de um vampiro brasileiro. Quando alguém via em Paris um romeno já escondia o pescoço no cachecol, mas Leôncio era brasileiro, perto dele os europeus tinham medo só de pegar malária. Essa novidade macabra ainda não havia por aqui e Leôncio foi o pioneiro do vampirismo em terras tupiniquins. A segunda coisa é que Leôncio usava bigode e também não existe vampiro de bigode assim como não existe padre cabeludo. Cabeludo na igreja só Jesus que é filho do dono, por isso ninguém implica. Nunca ouviremos essas palavras da boca de um católico.

— Porque Jesus não corta esse cabelo? Tá parecendo um hippie.

— Isso aí são as más companhias, depois que ele passou a andar com esse Judas ficou assim.

Sem espaço para atuar na Europa, que estava lotada de advogados, vários deles vampiros, resta a Leôncio Filho voltar ao Brasil. Em uma mesa à beira do Tejo, o garboso brasileiro esbanjava o seu talento num jogo de cartas marcadas quando, com um ás na manga, ganhou uma passagem para os trópicos. Embarcou sorridente para o Brasil. A viagem seguia tediosa. De interessante mesmo para o nosso viajante, apenas uns bifes mal passados e o pescoço de um ou outro marinheiro. Eis que, no meio da travessia, Leôncio conheceu o senador Pestana, pai da doce Malvina. O senador, em busca de um ouvido ocioso para depositar suas ideias conservadoras, encontrou em Leôncio o receptáculo para tal propósito. Entre tantas barbaridades, uma em particular, se fixou na mente e no estômago do vampiro: a abertura do primeiro hemocentro em terras brasileiras. Para o senador o sangue seria o ouro do futuro.

— Ora, meu caro Leôncio, se o sangue faz mover o corpo humano que é a mais perfeita das máquinas, por que não faria o mesmo por este navio ou por qualquer outro tipo de engrenagem?

E foi além o entusiasmado senador.

— Não há lenha ou carvão com mais talento para a combustão que o sangue, desde que misturado com algum agente explosivo que não sei qual ainda.

Leôncio ouvia com a atenção de quem ama o assunto. E continuava o senador.

— Existem, se me permite dizer, partículas distribuídas ao acaso no meio sanguíneo que são o motor da vida. "Por isso, vos digo: quem dominar a tecnologia do sangue, dominará o mundo."

Mas como o senhor levará a cabo essa empresa? — Perguntou um interessadíssimo Leôncio.

Então, discursou o senador:

— Ora, o sangue tem a particularidade de não nascer em lavoura ou brotar de cascatas, ele se produz é na própria pessoa. Basta colhê-lo na pessoa assim como se busca na vaca o leite desejado. E eu lhe pergunto: quem será o nosso roçado?

Leôncio sorriu e disse com ares de perversidade e saliva entre os pontiagudos caninos:

— Os escravos! Os escravos! Bela plantação, saborosa plantação.

CAPÍTULO 9

Isaura estava feliz com sua carta de alforria, sentada na cadeira de balanço tomando um suco de tamarindo. Agora, criatura livre tal qual a gaivota que sobrevoa o doce mar, aliás, o salgado mar, Isaura podia também voar. Suas asas eram aquele pedaço de papel em que se lia "Alforria". Naquela época, infância de nossa nação, dizia-se do escravo letrado, alvo e bonito que recebia a alforria: esse se forrou! Já para o escravo analfabeto, escurecido e feio, dizia-se: esse se ferrou! Isaura, formosa e jovial, estava forra!

Milhões de coisas, antes proibidas para si, agora se apresentavam numa avenida de oportunidades. Leitor amigo! Um momento para uma observação que não tem nada a ver com Isaura, Leôncio ou o senador Pestana. Se você está lendo esse livro no avião, não acha que ele tá balançando demais? Tá meio esquisito. Mas isso é outra história. Vamos voltar à narrativa e deixar a queda do avião para daqui a pouco. Isaura, agora, poderia estudar, comprar uma casa própria e finalmente, o que mais sonhava: ter um ou dois escravos para viver no bem-bom. A cadeira balançava quando Isaura ouviu um grito de horror vindo de um dos vinte e nove quantos da casa-grande. Nossa bela heroína deixou cair o suco de tamarindo e correu em socorro com tal leveza e graça que seus delicados e leitosos pés nem tocavam o chão. O grito parecia vir do quarto de Leôncia Mãe. Os olhos delicados, negros e penetrantes de Isaura lacrimejavam numa triste antecipação da tragédia que viria. Sim, o grito vinha de lá, mas não era Leôncia que gritava, o que aumentou ainda mais o temor no jovem e pulsante coração da nossa virginal serva. Ao chegar ao fatídico quarto, Isaura não pôde tapar os olhos antes de ver a cena que negava acreditar que via, Leôncia estava morrendo.

Quem gritava é a Vó Ziquinha, a fiel escrava.

Como eu havia antecipado no capítulo 7, um calango venenoso mordera a bondosa velha. Com o canto do olho, Isaura ainda viu o calango assassino fugir por entre o reboco da parede. Que triste! Quantas vidas se perderam no Brasil da época do Império devido à maléfica existência desses calangos venenosos? E o que fez o imperador? Nada, nada além de calçar longas botas numa atitude egoísta a fim de salvar os próprios dedões e calcanhares. Isaura correu para a velha e colocou sua cabeça sobre o seu colo. Leôncia disse as suas últimas palavras.

— Querida Isaura, desculpe-me. Não tive tempo de ir ao cartório autenticar a sua carta de alforria.

— Mas a carta já está assinada. — Disse Isaura, vendo a liberdade fugir como a cotovia que foge da gaiola.

— Sim, mas nada vale se não tiver o visto do tabelião. Por enquanto você continua escrava, mas aguente firme que quando Leôncio, meu filho, chegar, ele autentica o documento.

— Eu vou ter que esperar? — Nesse momento Isaura estava com lágrimas nos olhos.

— Seja paciente. O que são mais dois aninhos de escravidão pra quem já passou dezoito? Enquanto isso, toma conta da fazenda. — A velha falou isso com o ar dos seus últimos suspiros.

Com Leôncio Pai e Leôncia Mãe mortos, Isaura estava só e responsável por tudo. Depois de Isaura, havia na hierarquia daquela imensidão de fazenda apenas os bichos e em terceiro lugar os escravos que não eram brancos. Isaura, guerreira e feroz, disse para si:

— Vou tocar essa fazenda e a empresa do café.

O que Isaura não sabia é que Leôncio estava chegando e a sua sede não era de café.

CAPÍTULO 10

Muitos são os poderes vampirescos. Eles podem se transformar em morcego e voar, possuem força descomunal, podem levitar, são silenciosos — o que é muito bom para dar susto nos outros — e se alimentam de sangue. Isso todo mundo já sabe, o que muita gente não sabe é que existem poderes individuais. Alguns vampiros podem fazer coisas que outros não podem. Depende da aptidão e do talento de cada um. Em São Francisco, nos Estados Unidos, ficou famoso um vampiro que tinha seios e podia engravidar. Na Palestina, um vampiro podia explodir e desexplodir várias vezes. Outro em Bogotá tinha uma enorme habilidade com o bambolê, conseguia girar setenta ao mesmo tempo sem deixar cair nenhum. O talento de Leôncio era não ter nenhum, era uma tábua lisa, ali não havia nenhuma aptidão especial ou poder extra. Mas, teimoso e vaidoso, achava que tinha. Pensava que podia se transformar em qualquer animal. Sua loucura e obsessão eram tamanhas que ele pensava que tinha se transformado em camelo, olhava no espelho e via um camelo. Na mente misteriosa e indecifrável de Leôncio, ele era o bicho em que pensava se tornar e ponto. Certa vez, ele convidou Drácula para um jantar a fim de mostrar-se na forma de um leopardo. Leôncio começou a andar de quatro pela sala, lambendo a pata e mostrando as garras para o velho e tradicional vampiro. Drácula disse que aquilo era ridículo, os dois discutiram e Leôncio acertou a cabeça de Drácula com a panela de galinha ao molho pardo. Drácula ficou amuado e trancou-se no seu caixão por três dias.

Sabendo disso, voltemos ao navio e a viagem de volta ao Brasil. Com a clara intenção de bisbilhotar a vida do senador Pestana e apoderar-se da ideia da indústria do sangue, Leôncio resolveu transformar-se em gaivota. O senador estava no convés do navio, sentado numa mesa, fumando o seu charuto, quando Leôncio chegou batendo os braços e fazendo um grunhido como se fosse uma gaivota. Ele subiu na amurada do navio e ali ficou de cócoras. O constrangimento tomou conta do lugar. Leôncio pensava que era uma gaivota. O senador pensava que ele estava doido, um sujeito daquela idade imitando um pássaro. O senador levantou-se, num total constrangimento, e sem saber o que fazer apenas disse.

— Até logo, viu. Divirta-se!

Leôncio viu o senador se afastando e pensou: esse homem é louco, ele conversa com gaivotas.

O senador sentou no restaurante do navio, perto da janela. Lembrou-se da cena e riu do inusitado. De repente, ele ouviu algo bicar o vidro da janela, era Leôncio que abria os braços como quem abre asas. O senador resolveu embarcar na brincadeira, abriu a janela e jogou umas migalhas de pão para Leôncio, que as comeu. Aquilo causou certo asco em Pestana, que querendo dar um fim à brincadeira começou a espantar Leôncio.

— Xô! Xô!

Leôncio, como fazem as gaivotas quando são espantadas, quis sair voando. Não deu, caiu na água. Uns marinheiros correram para acudir.

CAPÍTULO 11

Depois do jantar, o senador Pestana foi para a sua minúscula cabine. Estava de ceroulas deitado na enorme cama quando alguém chamou à porta. Surpreso, pois não esperava ninguém, perguntou quem era. Ouviu a voz de Leôncio e pediu um momento para se recompor. Depois de meia hora, tempo que o velho gastou para vestir as apertadas calças, abriu a porta e encontrou Leôncio, todo molhado, cochilando em pé. O senador desculpou-se pela demora.

— Tenho dormido pouco nessa época do ano em que os dias são curtos e as noites longas. Disse um ensopado Leôncio.

Entraram na cabine, como era pequena deitaram-se na cama. Leôncio foi direto ao assunto e disse que estava interessado em sangue, ou melhor, no negócio do sangue. O senador, desconfiado, perguntou o que de fato ele queria. Leôncio confidenciou que não dormira o dia inteiro pensado em como auxiliar o senador nessa revolucionária empreitada, disse até que poderiam ser sócios. O senador agradeceu a iniciativa, mas comunicou a Leôncio que apenas ele e sua adorável filha, a bela Malvina, eram necessários para movimentar a empresa. Que a tiragem de sangue e todo o trabalho ficariam a cargo de funcionários técnicos vindos da Europa, e os escravos dariam o sangue. Leôncio instigou o velho para saber o que fazer para tornar-se um bom proprietário de sanguecínio, o estabelecimento que está para o sangue assim como o lacticínio está para o leite. Pestana disse que o importante é a higiene e nunca se deve misturar água no sangue como fazem muitos donos de sanguecínio na Ásia. Falou da importância de pasteurizar o sangue. Disse também que ter um sanguecíneo é como ter um cartório: dá muito dinheiro, não dá trabalho e não se exige responsabilidade. O problema é que o pretendente precisa ter a autorização direta do imperador.

— Falarei com o imperador. — Disse Leôncio. — Papai é muito bem visto e quisto na corte.

Pestana pestanejou. Colocou a mão no ombro do interlocutor e falou ao pé do ouvido.

— Esqueça tudo que diz respeito a sangue. Apenas eu tenho a autorização. O monopólio do sangue me pertence do Rio Grande do Sul ao Piauí.

— Posso ver a autorização?

— Você acha que eu a trago comigo? Você é louco? Quem tiver a autorização terá esse mercado milionário em suas mãos. Não seria seguro para mim andar com esse documento imperial. Não está comigo, está com minha filha Malvina lá no continente.

— Deixe-me ser seu sócio e seu genro. Posso casar-me com Malvina e tudo ficará em família.

— Nunca! Minha filha só casará se houver amor sincero. E esse amor ela só encontra entre as mulheres.

— O quê? Isso é um desrespeito para com as instituições e a religião. Até a maçonaria será contra. O senhor como pai não pode aceitar isso.

— Não a recrimino. Eu também gosto de mulheres e sei o quanto é bom. Quer um conselho, senhor Leôncio? Esqueça esse negócio de sangue, o senhor não nasceu para isso.

— É mesmo? O senhor não conhece os mistérios que a noite guarda.

Leôncio, então, abraçou o velho que, sem forças, não conseguia nem gritar. O vampiro cravou os dentes no pescoço idoso e, por estar com muita fome ou sede, sugou todo o líquido vital do pobre Pestana. Sem nenhuma gotinha nas veias, Pestana bateu as pestanas e morreu. Saciado de sua sede demoníaca, o vampiro meteu a mão no bolso do senador defunto e lhe bateu a carteira, conferiu o dinheiro e guardou a carteira no seu casaco. O especialista em vampiros que por acaso está lendo este livro deve estar me questionando ou dizendo que eu não entendo nada de vampirismo. Ele pode alegar que, quando um vampiro morde alguém, esse sujeito mordido não morre, vira outro vampiro como alguém que bebe no copo de outro que tem hepatite e contrai a doença. O vampirismo é a hepatite do mundo das sombras. É preciso explicar a todos, inclusive aos vampirólogos, que não é só isso. Há categorias de mordidas vampirescas. Existe a mordida que faz do outro também um vampiro, essa é a mordida comprometida, amorosa, que cria vínculo, essa mordida tem um conteúdo sexual. O vampiro gosta de manter o mordido vivo para sempre voltar lá e dar aquela mordidinha. Existe, também, a mordida que mata. Essa acontece quando o vampiro acha que deve encerrar o assunto de vez. Leôncio pensou em deixar o senador Pestana vivo, torná-lo um vampiro do senado, um tipo assim como Sarney ou Edson Lobão. Mas, cuidadoso que é com a reputação dos vampiros, Leôncio percebeu que Pestana usava dentadura e vampiro de dentadura é como ciclista perneta, não desenvolve. Vampiro desdentado só serve para lamber suas vítimas, é meio brochante, não é coisa própria do Romantismo, está mais para o Arcadismo. A mordida com dentes afiados é romântica porque é envolvente e ao mesmo tempo naturalista, já que é própria do animal que existe no homem. Por falta de um bom implante dentário, o senador Pestana perdeu a vida.

CAPÍTULO 12

Falemos agora de coisas mais amenas. Falemos do futuro, que sem dúvidas será próspero. No capítulo 40, Isaura conhecerá o encanto. Que encanto será esse? Pois saiba, caro leitor, que se trata do bálsamo que aliviará as dores de Isaura, falamos de um emplasto em forma de gente. Sim, alguém especial cruzará o caminho da nossa heroína. Quem é está pessoa, que já adoramos mesmo sem conhecê-la? O estimado leitor deve ter acompanhado a saga de Rambo. Nos vários filmes que contam a sua belíssima e comovente história, John Rambo luta contra injustiças e resmunga, sempre resmunga. Ele também arranca do próprio corpo várias sanguessugas. Pobre John Rambo! Ele sofria de suores, como se estivesse no climatério, por isso vivia sem camisa. Não, leitor apressado, esse alguém que abalará o coração de Isaura não é o *mariner* Rambo. É o nosso não menos heroico Álvaro, ele não é lá um Rambo no físico, mas é um Rambo. Álvaro tinha o cabelo curto e usava uma gravatinha borboleta, tampouco tinha sanguessugas pelo corpo e não era perseguido pelos comunistas, mas era um Rambo. Na sua áurea adolescência, Álvaro era limpo e asseado, cheirava a rosas devido ao costumeiro perfume que usava. Seu pai costumava dizer entre uma e outra baforada de cachimbo:

— Meu filho é mais cheiroso que mão de barbeiro.

Coisa estranha para se cheirar e frase complicada para ser dita por um pai. Deixemo-lo em paz. Quem somos nós nesse mundo surpreendente para julgar as metáforas dos outros? Que o velho tenha lá vivido o que lhe restava sobre esse chão, vamos seguir cá com o nosso Álvaro que também não podemos julgá-lo, mas podemos conhecê-lo. Álvaro deixou de ser cheiroso aos vinte e um anos de idade quando seu pai resolveu entrar para o lucrativo mercado do alho. Sim, o pai de Álvaro comprou uma enorme fazenda e iniciou ali o plantio e beneficiamento do alho. Abriram uma firma que tinha o curioso nome de Compania de Exportação Alvaralho Pai e Filho Ltda. Álvaro mergulhou no odorífico mundo desse bulbo da família *Liliaceae* e do gênero *Allium* e graças ao slogan "Alvaralho, uma empresa que é do... alho", ele ficou famoso no meio de quem consome e acompanha as novidades do mundo dos temperos. Quanto à pessoa na sua intimidade, eis aqui por que falei de Rambo. Numa análise profunda do caráter de Álvaro, é possível aproximá-lo de John Rambo, mas no aspecto das ideias e da determinação. Para saber quem é esse Rambo do mangue, deixemos Campos com os campistas e vamos respirar outros ares. Vamos a Recife, a bela Recife com seu frevo, alegria e tubarões. Ali, na Veneza Brasileira, na menina moça das capitais nordestinas, encontraremos o jovem Álvaro à frente da Alvaralho.

O que chama a nossa atenção é que apesar de riquíssimo proprietário de escravos, ele lutava contra a escravidão. Outros empresários, principalmente da cana de açúcar não entenderam a mentalidade libertária do jovem. Chegaram a dizer que ser dono de escravos e querer libertá-los é prejuízo na certa. É o mesmo que colocar uma onça para dormir com o gado no curral. Um senhor de escravos mais exaltado lançou, certa vez, um desafio para Álvaro, se ele queria mesmo a liberdade dos escravos deveria primeiro soltar os seus. Álvaro argumentou que de nada adiantava libertar os seus 15.674 escravos e deixar as outras dezenas deles presas ao destino cruel do trabalho forçado e não remunerado. Para Álvaro, chegará um momento em que todos serão escravos se nada for feito. Ele mesmo é escravo de suas ideias. O que o conforta é que é melhor ser escravo de ideias que ser escravo na lavoura de cana. Esse Álvaro, apesar de morar na bela metrópole do maracatu, de ser milionário, dono da Alvaralho e grande tocador de alaúde, trazia no coração uma mágoa quase incurável. Não conseguia ser feliz no amor. Algo acontecia que as moças simplesmente, no embalo do compromisso, resolviam arrumar outro namorico. Isso aconteceu com Bonifácia, com Tenória, com Firmina e com Jucelínea. Esta última fugiu com o vendedor de picolé. Outra dificuldade de Álvaro era encontrar uma moça com um nome bacana.

Infeliz com as mulheres, só conseguia a verdadeira entrega do amor quando se relacionava com o seu alaúde. Aí sim, seus dedos conseguiam fazer vibrar as cordas e produzir acordes sublimes que lembravam sussurros de amor. Mas alaúde não é mulher. Alaúde não trança as pernas nas nossas. Alaúde não é macio ao toque. Alaúde não tem nuca cheirosa. Alaúde não faz coisas com a língua. Alaúde não olha para gente com olhos que são algemas. Alaúde é uma merda.

CAPÍTULO 13

Leôncio passeava satisfeito e de barriga cheia no convés do navio quando um tumulto se fez ouvir vindo da primeira classe. O capitão passou por ele a toda velocidade rumo à cabine do senador Pestana. Chegando lá, o capitão viu o corpo do senador Pestana, mortinho da silva, sem um pingo de sangue, branco como um queijo minas. Os dois buracos no pescoço do eminente senador denunciavam que aquilo era coisa feita por um morcego ou um...

— Vampiro! — Gritou o marinheiro filipino.

Marinheiros não suportam vampiros e icebergs, ambos são frios, traiçoeiros e vivem escondidos. Correram para a cozinha apavorados e se armaram com todo o alho possível. Arrancaram madeiras do navio e com elas fizeram estacas e crucifixos. Saíram todos juntos à caça do devoto de Drácula. Leôncio, mau caráter e dissimulado que é, armou-se de uma raquete de tênis e juntou-se ao grupo. Chegou a sugerir que o capitão era a criatura das trevas. Mas um fio de sangue em sua lapela o denunciou.

— Vampiro!

Gritou o marinheiro filipino apontando para Leôncio que começou a correr. Passou a toda velocidade pelos corredores do convés e entrou numa porta que dava para as cabines. Atrás de si, vinham os marinheiros ensandecidos. Leôncio entrou no refeitório derrubando mesas e cadeiras. Quase parou ao ver um bife mal passado, escorrendo, berrando. Mas o medo da morte, até vampiro tem esse pavor, o fez correr mais ainda. Depois de uma perseguição que durou horas, ele foi encurralado. Veio o capitão com uma estaca. A respiração ofegante fazia o peito de Leôncio arfar. O capelão do navio acendeu o incenso e começou a rezar o *"orai, por nobilis"*. No momento em que a ponta da estaca tocava o peito do vampiro, ele deu um urro infernal, mostrou os caninos protuberantes e saltou quarenta metros. Se juízes olímpicos estivessem ali, Leôncio seria o detentor do recorde em salto a distância até os dias de hoje, seria o nosso primeiro João do Pulo. Leôncio caiu no mar. Vieram os marinheiros com tochas iluminando as águas. O capitão ordenou aos arcabuzeiros que atirassem e se fez fogo ao mar.

O vampiro Leôncio sumiu nas profundas águas geladas. Minutos depois, uma poça de sangue subiu e misturou-se àquelas águas salgadas. Se o senador Pestana estivesse ali, vivo, choraria ao ver o leite derramado, digo o sangue derramado.

CAPÍTULO 14

Com a morte dos donos da fazenda, Isaura ficou à frente dos negócios. Ela revolucionou a gestão da fazenda. Sua primeira medida foi humanitária e atingiu a cruel rotina de todas as terças e quintas-feiras, os dias do tronco. Quando o velho Leôncio estava vivo, o chicoteamento dos escravos era toda terça e quinta à tarde e as crianças podiam assistir. Isaura acabou com isso. A partir dali, nenhuma criança poderia presenciar as horrendas cenas de castigo. Para agregar valor ao café produzido, Isaura não mais o vendia em grãos secos ensacados. O café passou a ser coado e o líquido envasado em gigantes bules de duzentos litros para ser exportado. Para diminuir custos, Isaura vendia os escravos preguiçosos que ficavam só enrolando sem trabalhar para o governo a fim de que eles fossem para o serviço público.

Outra medida lucrativa veio do turismo. Isaura criou um *tour* pela fazenda para que as pessoas da corte que não sabiam como era a vida na senzala ou no canavial pudessem conhecê-la. Os dias em que haviam castigos no tronco eram os mais concorridos, alguns turistas que compravam o *ticket full* podia açoitar os escravos. Era uma experiência inovadora e muito interativa. O tronco era como o *show* da orca, a baleia assassina, nos parques temáticos de Orlando. O turismo gerou grande lucro para a fazenda com a venda de camisas, *souvenir* e ingressos. Isaura criou uma atração capaz de rivalizar com cânions e cataratas. Criou a si mesma como atrativo. De manhã, quando chegavam as caravanas, Isaura se amarrava ao tronco e ficava ali cantando aquela tradicional música: "laiá, laiá, laiá, laiá, laiá. Vida de negro é difícil". Todos queriam ver o exótico que era uma escrava branca, ela ficou mundialmente conhecida por isso. Mais famosa que o gorila albino que havia no zoológico de Barcelona.

Em pouco tempo os negócios prosperaram e a fazenda se tornou modelo. Isso chamou a atenção de Tobias, um jovem mancebo, rico e garboso. Tobias chegou à fazenda num pacote turístico. Encantou-se com tudo que viu, principalmente pela jovem Isaura que fingia padecer no tronco.

— A fazenda é bela, tudo é lindo. Mas nada se compara a tua sofrida beleza. Permita-me apresentar-me. Sou Tobias, seu criado.

— Sou grata pelos elogios, mas tu não és o meu o criado. Eu é que sou criada, já que sou escrava, escrava Isaura.

— Escrava tu? Não és uma atriz a fim de emocionar a todos? Se fores mesmo escrava, és escrava de algum amor.

— Não amo ninguém nem sei se um dia poderei amar. Resta-me na vida apenas baixar os olhos frente aos meus senhores e seguir humilde.

— És mesmo escrava? Agora estou em dúvida.

— Sim, mas não me resigno, sou assim, o que se pode fazer?

Nesse momento, Tobias pensou, pensou, pensou. Nós, que ao ler esse livro nada mais fazemos que observar o comportamento dos personagens, intrusos que somos da vida alheia, vamos além agora. Vamos à profundeza da consciência de Tobias. Vamos ao lugar onde não existem filtros e as palavras falam toda a verdade, nua. Sentemos numa poltrona no canto de sua mente e vamos ouvir enquanto ele pensa, pensa, pensa.

— Meu Deus, como pode? Essa safada tem a pele tão alva como um delicioso iogurte natural? Uma vagabunda dessas eu consigo encarar sem ficar com nojo. Vou comprar, comer e depois vender mais caro.

Depois de pensamento revelador, vejam o que Tobias disse para Isaura.

— Encantei-me por ti. Saiba, linda, doce e pura Isaura, que para tudo há uma saída. Precisamos ter esperanças em Deus e nos homens de boa vontade.

— Também me encantei por ti, mas que futuro haveria para nós que temos destinos tão distantes? Sou escrava e o senhor é um rico turista.

— Querida Isaura, a escravidão não é como o nanismo. Para aquele que nasce anão, nada resta que seguir a vida sendo anão. Mas, para o escravo, basta comprar a carta de alforria e já não é mais escravo.

— E para aquele que ao mesmo tempo é anão e escravo? — perguntou Isaura

— É até mais fácil, já que a carta de alforria de anão custa a metade do preço.

A resposta sobre o anão fez Isaura se apaixonar por Tobias. Como ele podia ser tão perspicaz sobre o valor e a estatura das pessoas. Ela nunca tinha imaginado que ser anão é uma condição mais definitiva que ser escravo. Nesse momento Isaura agradeceu por ser escrava. Os dois estavam prestes a se beijar quando o cocheiro chamou e todos os turistas tiveram que embarcar na carruagem. Tobias garantiu que voltaria com a alforria na mão.

O caro leitor deve estar se perguntando, e Álvaro? Não é o seu nome que está escrito no destino como o grande amor de Isaura. O que faz esse Tobias na história, um sujeito que pensa uma coisa e fala outra. Caro leitor, o que tem? Deixem Isaura namorar.

CAPÍTULO 15

Eram quatro horas da madrugada e a praia do Caju, no Rio de Janeiro, estava deserta. Uma bizarra criatura saiu das águas e cambaleante sentou-se na areia. O monstro era Leôncio. O infeliz ficara ferido, mas não morrerá no ataque dos marinheiros. Depois de reunir todas as suas forças malignas, o vampiro nadou, nadou e chegou à praia. Estava com um aspecto de Robson Crusoé. Trazia a pele cortada por inumeráveis mordidas. Aquela criatura, para se alimentar, bebia o sangue das focas. O sangue atraía os tubarões e o que se via no mar, se alguém estivesse ali para ver, eram lutas entre o vampiro e vários tubarões. Bestas, uma habitante da noite e outra, dos oceanos duelando até a morte. Deus me livre! Fora estes, o único duelo entre duas bestas que eu tenha conhecimento foi no debate presidencial das eleições de 1989 entre Collor de

Melo e Lula. Leôncio sobreviveu aos tubarões assim como Collor a Lula.

Depois de descansar um pouco, o vampiro, todo mordido por tubarões e furado pelas balas dos tiros que recebeu dos marinheiros, percebeu que estava com fome no caso dele, com sede. Começou a perambular pelas ruas atrás de algum pescoço virginal. Pensou em uma garota jovem e indefesa recém--chegada da França com o sangue quente, cheio de lascívia ou uma atriz com olhos sedutores e voz sensual ou a bela esposa de um rico comerciante. Mas o que encontrou foi um mendigo desdentado que dormia debaixo de um papelão. Leôncio é adepto da mais prática e difundida de todas as filosofias, o salve-se quem puder. Um dos aforismos que mais o encantam é "farinha pouca, meu pirão primeiro". Para Leôncio, a fome é o melhor dos ingredientes e a oportunidade é um restaurante *self-service*. Ele viu no mendigo a jovem virginal. Pobre mendigo, ficou sem o meio litro de sangue que corria em suas veias. Mais à frente, Leôncio encontrou um cachorro, imaginou ali a esposa do comerciante e lá se foi o sangue do totó. Quanto à atriz de voz sensual, ele substituiu por um dançarino de gafieira e um lutador de jiu-jítsu. Este foi o banquete daquela macabra noite. Aos poucos, o vampiro de Campos ia recuperando as suas forças. Restava agora descobrir o endereço de Malvina, a filha do senador Pestana e tomar de suas mãos tudo que o velho construiu. A mente diabólica de Leôncio só pensava em uma coisa: o documento com a autorização do imperador para abrir o negócio do sangue no Brasil.

Leôncio pensou por três horas ininterruptas em uma forma de descobrir o endereço do senador e não encontrou a solução. Quando tudo parecia perdido, um táxi se aproximou. Leôncio fez um sinal e o carro parou. O vampiro entrou no táxi e perguntou se o motorista sabia onde era a casa do senador Pestana. O taxista achou incrível a coincidência, ele sabia, apesar de novo na cidade e na profissão. O senador Pestana era o seu cliente e ele acabara de deixar Malvina, a filha do senador, em sua mansão. Leôncio também achou incrível a coincidência. Existem milhões de taxistas e justo aquele, numa madrugada de ruas desertas, sabia o endereço do senador.

O nobre leitor deve achar estranho e uma enorme bobagem essa história de aparecer um táxi do nada numa época em que eles ainda nem existiam. Ora, meu caro, são duas da manhã, estou querendo dormir e tenho que terminar esse capítulo. Eu poderia ficar aqui pensando numa forma de Leôncio encontrar Malvina. Tudo bem, ele poderia ler no jornal alguma notícia sobre um jantar na casa do senador ou coisa assim. Ele poderia sair voando em busca da filha do senador. Mas qual o problema do táxi? Também é função da literatura gerar renda, emprego e oportunidade. Deixem o táxi rodar e o taxista ganhar um dinheirinho. Que mal há nisso? O coitado só fez uma corrida ao longo desse dia abafado que foi justamente levar Malvina em sua casa. Dentro de três dias, ele terá que pagar a prestação do carro e o aluguel da quitinete onde mora com a esposa, que está grávida à espera do primeiro filho. Juvenal, esse é o seu nome, está juntando dinheiro para comprar o enxoval da criança. É um jovem esforçado. Se você que lê esse livro nesse momento ainda não tem o seu coração amolecido pelo bondoso Juvenal, saiba que ele trabalha no táxi à noite e de dia estuda para passar em um concurso e dar uma vida melhor à família. Certa vez, ele lutou com um pit bull para salvar um velhinho que passeava com a netinha de apenas dois aninhos. Faz trabalhos comunitários e canta no coral da igreja. Vamos lá, deixem o táxi rodar!

Leôncio entrou no táxi e mandou tocar para a casa de Malvina. O táxi ligou na bandeira dois, engatou a primeira marcha e partiu para o Cosme Velho. Juvenal tinha um sorriso no rosto, um sorriso de gratidão a todos que acham que ele pode ser personagem deste livro. Agora que acabei esse capítulo, vou dormir, são duas da madrugada.

CAPÍTULO 16

Bom dia! Não foi uma boa ideia esse negócio de táxi. Ficou muito fora do clima da história e definitivamente esse tipo de alegoria não pertence ao Romantismo brasileiro. Além disso, Leôncio não pagou a corrida. Antes de descer do táxi, mordeu o pescoço de Juvenal chupando todo o sangue do pobre coitado. O taxista ainda agonizava no chão quando Leôncio soltou um urro estranho. Esse som dos infernos juntou dezoitos cães raivosos que rasgaram a carne do pobre Juvenal, deixando ali só os ossos. A jovem esposa do taxista ficou viúva com um filho por nascer e sem pagar aluguel, foi despejada e teve que voltar para o Piauí. Juvenal não merecia isso. Eu não posso com a minha literatura andar por essas linhas e páginas causando tristeza e dor aos personagens. Esqueçamos tudo isso. Pronto! Juvenal nunca fez parte dessa história. Não existia táxi naquela época.

Voltemos ao momento em que Leôncio não sabia o que fazer para descobrir o endereço.

Com um pouco de frio nas mãos, vampiro também sente frio, Leôncio meteu a mão no bolso do casaco. Ali ele encontrou a carteira do senador Pestana, aquela mesma carteira que ele tinha surrupiado quando o matou. Entre fotos e papéis, estava o cartão do próprio senador com o endereço de sua casa no Cosme Velho. Leôncio deu um sorrisinho de escárnio e se transformou em morcego, um terrível morcego de bigode. O morcego ligou na bandeira dois, engatou a primeira marcha e saiu avoado para o Cosme Velho.

CAPÍTULO 17

Tobias voltou à fazenda e encontrou Isaura ainda mais encantadora, ela estava malhando, levantando alteres. A misteriosa mente de Tobias entrou em ação e ele pensou:

— Puta merda! É muito gostosa. Vou comprar essa escrava, se ela não quiser nada comigo eu desço a porrada. Mulher gosta de apanhar, só tenho que tomar cuidado porque ela é forte, tem homem que não é forte assim. Se ela amarrar um negócio na cintura, ela consegue me fornicar por trás fácil, fácil.

Galanteador, Tobias foi até Isaura e disse:

— Bom dia, doce escrava Isaura! Aqui está um servo teu. Servo de todo mundo na verdade, porque nós devemos cuidar das pessoas. Eu procuro ser legal com todo mundo independente de cor, posição social, essas coisas.

Quem via Tobias falar pensava que ele era candidato a deputado federal. Com Isaura não foi diferente, e ela deu conversa para ele.

— Dizes isso apenas para me adular, pois tu sabes e eu também que tu não é servo, é homem livre.

— Tu também serás, em breve, mulher livre.

Tobias abriu a sacola e mostrou uma montanha de contos de réis, dinheiro suficiente para comprar a liberdade da jovem escrava. Os dois riram e choraram de alegria, Isaura finalmente seria livre. Ali tinha dinheiro para comprar trinta escravos, mas Tobias gastaria tudo com ela, não se importava, queria apenas a liberdade da amada. Enquanto apertava com as suas as lindas e suaves mãos de Isaura, Tobias a convidou para um jantar romântico e perguntou se ela conhecia algum restaurante. Isaura disse que conhecia um lugar onde serviam culinária estrangeira. Tobias aceitou a sugestão de imediato e retirou-se garantindo que voltaria às oito para buscá-la. O relógio deu cinco da tarde e Tobias já estava ali para levá-la ao jantar. Isaura espantou-se.

— Tão cedo!

— É o fuso horário, eu sempre me confundo. — Disse Tobias para disfarçar a ansiedade.

— Então vamos. — Disse Isaura para disfarçar a estranheza.

Tobias perguntou aonde ir e Isaura indicou um lugar onde serviam culinária africana. Foram à senzala. Quando chegaram, Deodoro, um negro que fazia as vezes de maître, os conduziu até uma mesinha improvisada. Tobias ficou um pouco incomodado com a falta de luxo da senzala, ele queria que aquela noite fosse especial. Sugeriu de forma sutil se não seria melhor irem a outro lugar comer um sushi ou algo parecido. Isaura disse que não conseguiu se adaptar a outro tipo de comida e pediu de entrada uns acarajés. Deodoro perguntou o que eles queriam beber. Isaura pediu um caldo de cana light. A ideia do caldo de cana não caiu bem para Tobias que disse querer só água.

— Da bica ou do poço? — Perguntou Deodoro.

Isaura pediu a Deodoro que trouxesse uma aguardente.

— Aguardente, o que é isso? — Quis saber Tobias.

— É um fermentado de caldo de cana, senhôzinho. — Disse o dedicado Deodoro. — E o prato principal? — Emendou o improvisado maître.

— Querida, não conheço a culinária do seu povo. Escolha por favor, meus intestinos estão em suas mãos. — Disse Tobias com sinceridade.

Essas palavras tocaram fundo no coração de Isaura. Ela chamou Deodoro e pediu uma feijoada completa e um vatapá. Deodoro serviu a aguardente e Tobias sorveu uns goles. Veio o acarajé e Tobias comeu um quente, quase morreu com o apimentado da iguaria. Veio a feijoada e Tobias comeu até o cu fazer bico. Não! Isso não é romântico. Tobias comeu até sentir-se saciado. Pensou que era um príncipe das Arábias farto que estava naquele banquete nababesco. Acima de tudo estava ao lado da bela Isaura, tão suculenta quanto a feijoada, embora de outra cor. Tobias saiu da senzala tão feliz que só não pagou os dez por cento de gorjeta porque todos ali eram escravos e escravo não precisa de dinheiro.

Foram para o terreiro onde a luz da lua cheia banhava a relva com um dourado que mais parecia cachos de mel. Isaura, com sua harmoniosa voz de cotovia, começou a cantar um sucesso do repertório de Clementina de Jesus. Tobias, anestesiado pela aguardente, começou a dançar e a rodopiar. Logo, os tambores começaram a tocar e Tobias rodopiava cada vez mais rápido. De repente, ele soltou um grito. Isaura parou de cantar e os pagodeiros aquietaram os seus tambores. Tobias havia incorporado a pombagira.

— Ocê toma cuidado, fia Isaura. Homi branco qué fazê nheco-nheco cum Isaura. Homi branco qué fazê nheco-nheco na frente e funco-funco atrás. Homi branco é chupador. Homi branco é chupador de sangue.

A pombagira soltou uma gargalhada dessas de candomblé. A Pombagira se referia a Leôncio, mas Isaura pensou que a entidade incorporada em Tobias falava de Tobias. Assustada e chorando, ela saiu correndo rumo à casa-grande. Tobias, ainda incorporado, soltou outra gargalhada, deu um beijo na boca de Deodoro e continuou dançando.

CAPÍTULO 18

E Álvaro, o verdadeiro amor de Isaura, aquele que fará com que ela deite em leito de harmonia com a camisola do amor sublime e respire os ares da felicidade? Onde está Álvaro? Calma, apressado leitor, Álvaro está em Recife resolvendo uns papéis junto ao INPS. Ainda não é a hora de ele entrar nessa história. Álvaro é como um desses jogadores de futebol que entram no segundo tempo e arrebentam com o jogo, ele é o curinga desse enredo. Quando o leitor estiver cansado dos personagens, Álvaro chega e surpreende a todos igual a Rambo fingindo de morto dentro do helicóptero para enganar os soldados soviéticos e acertá-los com um tiro de bazuca. Álvaro não tem bazuca, mas é um Rambo de estilingue.

CAPÍTULO 19

Leôncio veio voando e pousou no telhado da mansão do senador Pestana. Ouviu uma voz de mulher e pensou.

— É Malvina. Vou entrar pelo telhado, chupar seu sangue e pegar o documento.

O vampiro, já em forma de gente, mostrou suas presas, deu um salto, quebrando as telhas, soltou um urro e caiu em pé no centro da sala em volta da poeira. A sua capa cobria o rosto e ele olhava para o chão. Quando, com gestos grandiosos, ergueu os olhos e tirou a capa, viu que estava cercado por setenta e um dragões da independência, a guarda oficial do imperador D. Pedro II. Sim, o imperador estava na casa de Malvina. Tinha ido dar a triste notícia do falecimento do senador em um navio que vinha da Europa. Os soldados tiraram as espadas da bainha. Leôncio, surpreso com o inesperado do acontecido, urinou-se todo. Ele pensou rápido e tentou se explicar.

— Desculpem-me. Esses telhados de hoje não são confiáveis. Eu estava de passagem quando tropecei numa telha.

— Como o senhor foi parar no telhado? Explique-se! — Disse o imperador.

— Vinha andando quando tomei uma lufada de vento e fui parar lá em cima. O que está acontecendo com o clima, hein? Era para eu vir de táxi, mas mudou tudo. Deixem-me apresentar, sou Leôncio Filho, filho de Leôncio Pai.

Para sorte de Leôncio, o imperador conhecia seu pai. Ele fez um gesto imperial, e os dragões da independência guardaram as espadas.

— Leôncio Pai? Ele é o seu pai? Eu o conheci. Sente-se conosco e me diga como vai a fazenda no município de Campos dos Goytacazes.

O imperador virou-se para Malvina.

— Se é que você me permite convidar esse senhor, cara Malvina.

Malvina não quis afrontar o imperador e fez um sinal de aprovação com a cabeça. Leôncio falou da Europa, do tempo que ficou ausente do Brasil e da sua volta ao comando dos negócios da família.

— Vieste da Europa a pouco? — Perguntou um curioso e intrigado imperador.

— Sim. O navio em que vim deve ter ancorado ontem.

E aconteceu algo de estranho no navio no qual o senhor estava viajando? Perguntou o imperador tentando arrancar-lhe algo sobre a morte do senador Pestana.

— Não que eu saiba. Em viagens durmo o dia inteiro e nada vejo.

O imperador ajeitou-se na poltrona, ajeitou também a barba e disse:

— Querida Malvina, este senhor não sabe, mas aconteceu algo sim no navio em que seu pai viajava, que é o mesmo do senhor Leôncio. Houve uma perseguição a um ser sobrenatural que habitava o navio, todos dizem que se tratava de um demônio.

Leôncio, cínico, assustou-se.

— Mas nós, amantes da ciência, sabemos que isto não existe no mundo real. — Disse Malvina, catedrática da Universidade de Duque de Caxias.

— Sim, sabemos. Devo concordar contigo. — Disse o imperador sem muita convicção.

— É claro que demônios não existem. — Emendou Leôncio tentando se safar.

— Nesse mesmo navio, querida Malvina, sinto informar que o seu pai veio a falecer. O véi morreu, como dizia o povão que ele tanto amava. Essa é a razão da minha visita à sua casa. — Anunciou um imperador cuidadoso com esse tipo de notícia.

Malvina, sincera, assustou-se.

Leôncio, para puxar o saco, dissimulado que é, começou a chorar copiosamente. Ele soluçava de tanto chorar, até que ajoelhou em frente ao imperador e segurou em suas barbas imperiais.

— Pepê morreu? Fala para mim que é mentira, fala!

— Quem é Pepê? E pare de se pendurar em minhas barbas!

— Pepê é como a gente, os seus eleitores, chamávamos o senador Pestana. Gente... Fala que ele tá bem, fala!

Leôncio continuou com a sua pantomima fazendo daquela sala um circo de cinismo. Malvina trouxe um copo d'água para acalmar o vampiro. E Leôncio até abusou.

— Você se importa de botar um pouco de groselha? Adoro bebidas vermelhas.

Malvina chamou a escrava Maura para que ela buscasse um copo de suco de groselha para Leôncio. Quando Maura entrou no salão, todos ficaram espantados, não só com a beleza, mas com o aspecto da jovem e bela escrava. Ela não era negra como as outras escravas, Maura era verde. A coitada sofria com preconceito de cor e com a perseguição de um palmeirense que queria comê-la. Os escravos não a aceitavam na categoria de escravos. Triste, linda e romântica é a história de Maura. Quando terminar esse livro, escreverei "A Escrava Maura".

Maura foi buscar o suco, e Malvina demonstrou tristeza com a morte do pai. O imperador contou os detalhes e disse que o governo cuidaria de tudo. Malvina queria saber mais.

— Mas e o demônio que matou meu pai? Quem é? Onde está?

— Está morto! O capitão me garantiu. — Acudiu o imperador e continuou preocupado com o futuro daquela linda jovem.

— Você continuará com aquele negócio de fazenda de sangue? Que ideia louca.

— Sim. Tenho aqui a vossa imperial permissão. — Malvina disse tirando o documento de dentro do decote. Ao ver o decote e o documento, Leôncio começou a salivar. Ali, na presença dos Dragões da Independência ele não poderia roubar o documento, matar, chupar sangue ou assaltar a geladeira, mas lançou mão de um estratagema.

— Sei que você, Malvina, precisa de uns dias de descanso. Perdeu o pai, o nosso Pepê. Venha comigo até a minha fazenda. Ar fresco é o que não falta em Campos.

— Faça isso, querida Malvina. Tire uns dias para descansar e arrume um marido. Essa permissão que você tem aí entre os mamões só vale para quem é casado. — Com essa, o imperador ajudou Leôncio sem saber o mal que estava causando.

— Semana que vem aparecerei em sua fazenda, senhor Leôncio, se não for incômodo.

— Claro que não, será um prazer.

Para não perder a chance de bajular, Leôncio virou-se para o imperador.

— Venha o senhor também, será uma honra ter o imperador em minha casa-grande.

— Não posso, os negócios do estado tomam o meu tempo. Eu é que quero convidá-lo...

— Já aceitei! Se o convite vem do imperador, eu aceito mesmo sem saber qual é. — Disse um vampiro afeito ao puxa-saquismo.

— Pois bem, então, amanhã, meu caro Leôncio, iremos à praia às três da tarde. O sol estará estupendo.

Leôncio lembrou que é vampiro e soltou um gritinho de susto.

— Praia? À tarde? Tem certeza? Com essa poluição toda não é melhor a gente marcar um luau?

CAPÍTULO 20

Era noite e o vento frio soprava gelando os ossos de quem não estava agasalhado. Isaura fazia uma bela peça de tricô e não havia mais ninguém na sala da casa-grande. Uma coruja soltou um dos seus sombrios piados. O vento começou a soprar mais forte fazendo a janela bater. Isaura levantou-se para fechar a janela, mas ela já estava fechada. Tudo estava muito estranho naquela noite. Se houvesse um rolo de feno no quintal, com certeza ele sairia rolando. Se houvesse energia elétrica naquela época, com certeza ela acabaria. Se houvesse telefone naquela época, não adiantaria ligar para a polícia, não haveria linha.

Isaura ouviu passos vindo do quarto, ela que é do tipo que se assustava até com desenho do pica-pau, imaginem a coitada nesse panorama de terror? Isaura estava em pânico, tentou se controlar e foi até a cozinha pegar uma faca para usar como arma. Quando abriu a gaveta, viu que não havia alguma faca ali. Pensou que alguém estivesse com todas, alguém que tivesse por hábito esquartejar pessoas. De repente, sentiu um calafrio, como se alguém, vivo ou morto, a estivesse observando. Isaura guardou e virou-se rapidamente com a intenção de sair daquela casa e fugir para a senzala.

Quando se virou, o pavor a fez soltar um grito. Olhou para o monstro que estava a sua frente com uma faca em cada mão. Ficou impotente e sem forças, caiu desmaiada. Agora estava ali, indefesa, nas mãos de uma criatura horrenda.

CAPÍTULO 21

Não sabemos por que o imperador disse aquilo de que para se ter uma indústria de sangue tinha que ser casado. Talvez para animar Malvina e a empurrar para Leôncio, que ele achou bom moço. Não demorou para que os dois aparecessem casados. Palavra de imperador faz as coisas andarem e acontecerem. Para Leôncio, foi uma solução conveniente. Se ele simplesmente roubasse a autorização para a empresa de sangue e matasse Malvina, de nada valeria o documento e a guarda imperial ainda poderia persegui-lo. No matrimônio tudo ficaria mais acomodado. Seria também outro disfarce para a condição vampiresca de Leôncio, já que não existe vampiro casado. O enlace dos dois e a festa aconteceram na corte, sob às custas do imperador, ou melhor, às custas do povo que é quem paga as contas do imperador. Alguns dos padrinhos foram mordidos por Leôncio, além do padre. O imperador não compareceu, mas mandou Duque de Caxias para representá-lo. Leôncio ficou alucinado pelo pescoço do patrono do nosso exército e quis atacá-lo, mas como não tem preparo militar, foi ele que levou a mordida.

Não, caro leitor, Duque de Caxias não era vampiro. É que ele não levava desaforo para casa. Quando Leôncio armou o bote para morder Caxias, ele deu um contragolpe, imobilizando-o.

— Queres me morder? Toma infeliz.

Duque de Caxias cravou os dentes no pescoço de Leôncio que depois ficou lá mole no chão, surpreendido. Com medo de que Malvina descobrisse, ele colocou uma tala no pescoço.

— Querida, não se preocupe, dormi de mau jeito.

Na noite seguinte, entraram no trem e seguiram para Campos. Finalmente Leôncio encontraria Isaura, a menina que em sua memória era magrela e catarrenta.

CAPÍTULO 22

A criatura horrenda que estava parada em frente a Isaura não era um vampiro, nem lobisomem. Era Belchior, o jardineiro da fazenda que fôra à cozinha para amolar as facas. Bondoso Belchior era a pessoa mais bonita daquela fazenda, mas sua beleza era interior, seu coração era belo e sua alma deslumbrante. Acontece que devido a sua mãe ter fumado muito na infância, ela fumava Derby, e ter comido muita buchada de bode na gravidez, ele nasceu com um aspecto de corcunda de Notre-dame. Belchior tinha as ventas abertas e o nariz do tamanho de uma mão de jogador de Basquete. O que tinha de tamanho nas mãos faltava-lhe nos braços. Era conhecido como bracinho de jacaré. Ele era careca acima das orelhas como o Arnaldo Antunes, e sua perna esquerda tinha vinte centímetros a mais que a direita. Belchior parecia um ornitorrinco.

Vó Ziquinha, a escrava de cento e quatro anos e um metro e cinquenta de altura apareceu com a vassoura e deu umas boas vassouradas em Belchior para que ele não mais assustasse a pobre da Isaura. Belchior saiu chorando com Vó Ziquinha atrás lhe dando vassouradas. Isaura sozinha, recuperava o fôlego quando outro mostro apareceu na sua frente, dessa vez era Leôncio que vinha com sua esposa, Malvina.

Envoltos num romantismo de recém-casados, Malvina trazia Leôncio nos braços. O que viram ao olhar para o corredor que dava para a cozinha pareceu a visão de um anjo entre nuvens alvas numa tarde de verão de céu límpido e azulado como os olhos de Chuck Norris, era Isaura de camisola. Estava um pouco pálida pelo susto que tomara de Belchior, mesmo assim estava linda e feliz como uma laranjeira cheia de periquitos. Foi amor à primeira vista, tanto para Leôncio como para Malvina. Ao ver Isaura naquele *baby doll* de antigamente, os dois enlouqueceram. A lingerie cobria do tornozelo até o pescoço, não todo o pescoço, a pontinha que sobrava foi o necessário para transtornar a mente de Leôncio. Os pezinhos em chinelinha baixa mostrando os delicados dedos foi a perdição de Malvina. Leôncio queria amar a jovem escrava, tê-la entre seus braços e seus caninos. Malvina queria desfrutar do amor virginal de outra fêmea. Ambos começaram com os galanteios.

Leôncio percebeu que aquele encanto de jovem era a mesma garotinha magricela que ele havia deixado por ocasião da viagem à Europa. Fez de conta que não a conhecia. Perguntou se Isaura era filha de algum rico comerciante e se estava ali com os pais de passagem devido a algum infortúnio de viagem. Malvina usou de outra estratégia, não quis saber de origens nem de posses, perguntou logo se ela curtia Ana Carolina e onde podiam tomar um banho, juntas. Isaura, ingênua, disse que não era filha de comerciante algum, era apenas uma dedicada escrava e que já tinha se banhado. Enquanto indicava o caminho dos aposentos para Malvina, Isaura não percebeu que Leôncio aproximava os caninos afiados do seu pescoço. O vampiro estava a milímetros da sedutora jugular, quando uma vassourada lhe acertou a cabeça. Desconcertado com o inesperado ataque, o vampiro virou-se, não sem antes levar mais umas tantas vassouradas. Era Vó Ziquinha que continuava atacando o rico senhor de engenho com a força e determinação de John Rambo em Rambo IV.

— O que é isso? — Gritou Leôncio.

— Suncê é bicho morcego pra morder pescoço de Isaurinha? Arreda pássaro preto sem pena com cara de rato! — Gritou a velha escrava.

— Meto-lhe no tronco, velha estraga prazeres. Sou teu dono, não me reconheces?

— O que é isso, Leôncio meu marido. Não vê que esta pobre preta está míope ou com vistas cansadas. Confundiu-lhe com um morcego.

— Devo castigá-la para que fique o exemplo.

— Não castigue minha querida Vó Ziquinha, a culpa foi minha que não deveria estar acordada a essa hora.

— Não és culpada. Mas, é verdade, Isaura, já deverias estar deitada. Venha, vou colocá-la na cama. Malvina jogou esse verde para ver se colava.

— Malvina, tu não conheces a casa-grande. Deixa que eu levo Isaura. — Leôncio pegou Isaura pelo braço e começou a puxá-la.

— Cêis dexa de sê besta! Isaurinha dorme é comigo desde de menininha e sabe o camin. Boa noite procêis.

Naquele momento, ao saber que Isaura dormia com a Vó Ziquinha, Malvina e Leôncio tiveram inveja de uma escrava idosa.

CAPÍTULO 23

Vamos agora ao relato da noite de núpcias de Leôncio e Malvina. Noite em que os lobos estavam mais agitados e uivavam aguçados pelo perfume que se desprendia dos namorados. Tudo se deu no romântico ambiente do quarto, ninho do amor, altar da entrega, lugar onde os corpos se enroscam como se não houvesse segunda-feira.

Malvina estava lá, estatelada na cama. Olha pelo canto do olho e vê surgir do banheiro um Leôncio sedutor vestido num roupão roxo com detalhes em lantejoulas alaranjadas. Do lado esquerdo do peito, havia uma inscrição em letras douradas, um "L" de Leôncio e a frase "Mordida de amor não dói". Malvina deitada na cama nupcial usava uma camisola com um semáforo desenhado e escrito "Pode avançar". Ela arrancou a camisola e ficou completamente nua. Não direi que ali, estirada sobre os lençóis, tínhamos uma visão do paraíso. Se havia alguma beleza na nudez de Malvina, era uma beleza para olhos apaixonados, que são cegos. Malvina há dois anos não se depilava, achava que depilação é frescura de mulher. Leôncio foi até a cômoda que servia de bar e serviu dois camparis. Com o dedo, ele mexeu o gelo que havia no copo, depois levou o dedo à boca chupando-o num gesto que, pelo menos em sua cabeça, era a sugestão de algo sensual. Malvina sorriu de leve disfarçando a péssima impressão que aquilo causou nela e no seu ânimo. Leôncio, certo de que estava arrasando, foi até o gramofone e colocou um disco do Wando. Malvina parou de sorrir e começou a pentear os cabelos do seu sexo para fazer passar o tempo. Não se sabe o porquê, nem qual o sentido, mas Leôncio começou a fazer um *strip tease* ao som de "Você é luz, é a estrela e luar". Malvina começava a cochilar quando o vampiro deixou cair o roupão. Malvina despertou no susto, uma baba escorria-lhe pelo canto da boca. Ela olhou para aquela figura a sua frente. Leôncio estava com uma tanga fio dental e tinha o corpo branco, branco como um macarrão feito de água e sal. Veja, caro leitor, o que são os mistérios do sexo, o campari, o dedo no gelo, Wando e o *strip tease* fizeram Malvina dormir, mas a pele branca de Leôncio acendeu-lhe um fogo apagado há anos. Talvez porque aquilo trouxesse à memória de Malvina a lembrança de Isaura. Malvina fechou os olhos para abrir a mente aos sonhos e pediu que o vampiro a possuísse. Leôncio pulou em cima de Malvina, fechou os olhos para pensar em Isaura e cravou os dentes no pescoço da esposa, o sangue escorreu garganta abaixo. Malvina soltou um grito ouvido por toda a fazenda. Os escravos excitaram-se, os lobos uivaram, a agulha do gramofone parou num arranhão do disco e só tocava "Você é luz, você é luz, você é luz..." Isaura ouviu o grito e cobriu a cabeça com o travesseiro. Vó Ziquinha comentou:

— Daqui a nove meses tem menino na casa.

CAPÍTULO 24

A previsão de Vó Ziquinha não se confirmou. Malvina não engravidou de Leôncio, mas aquela noite de loucuras ao som de Wando trouxe as suas consequências. Malvina envampirou de Leôncio e ele, por sua vez, contraiu herpes. A vida de um vampiro na Europa ou nos Estados Unidos sempre foi mais tranquila que no Brasil. Aqui não se pode chupar um pescocinho sem correr o risco de pegar uma hepatite, malária ou dengue. Desde que veio para essas terras tupiniquins, Leôncio vivia acamado. Apesar de muito rico, o remédio que se tinha à mão eram as garrafadas preparadas pelos escravos e o melaço da cana que é bom para fortificar. Esse melaço não fortaleceu Leôncio em nada, fez foi acentuar-lhe as cáries e depois de alguns dias por aqui já lhe era doloroso morder um pescoço.

Depois de sua noite de núpcias, Leôncio ficou cheio de aftas e feridas no canto da boca. Isaura mal conseguia olhar para o senhor vampiro de engenho. Esse desprezo fez o ódio aumentar no coração satânico do discípulo de Drácula. Malvina aproveitou que o marido e concorrente ao coração da jovem escrava estava acamado para abordar Isaura, cada vez mais com indiretas menos indiretas. Certa vez, Malvina disse a Isaura, que se ela se envolvesse com um homem e desse envolvimento nascesse uma criança, a pobre criaturinha seria escravo para o resto da vida. Mas se ela se envolvesse com uma mulher, não nasceria ninguém desse belo relacionamento e esse ninguém não seria escravo. Para Malvina, uma das causas fomentadoras da escravidão era o heterosexualismo entre os escravos. Se todos os escravos fossem *gays* ou se tornassem, não nasceriam mais escravos restando apenas a importação, o que encareceria bastante o produto. A igreja começou a lutar contra o homossexualismo exatamente para diminuir os custos na aquisição do escravos. Para a igreja, cu de escravo tinha dono sim e tinha um custo, não podia ser dado a ninguém.

Leôncio obrigou Isaura a cuidar de suas aftas, mas a pobre escrava tinha o estômago fraco e sempre vomitava. Leôncio levou isso para o lado pessoal e sentiu-se desprezado. Foi aí que ele aumentou a quantidade e a qualidade de suas maldades: mandava espancar quem quer que fosse e proibiu o pagode das sextas à noite na senzala. Os negros não gostaram do que Leôncio estava fazendo, mas ninguém pensou em se revoltar.

O problema da revolta até caberia neste livro que pertence ao Romantismo brasileiro. Os escravos poderiam se reunir e armar uma emboscada para o vampiro Leôncio. Um negão forte facilmente o amarraria no tronco num dia de sol e enterraria a estaca no seu peito. Mas não há revolta em obras românticas, a não ser a revolta ideal, a revolta contra o absurdo da existência. No Romantismo, só há espaço para a revolta poética, por isso que os vampiros e os senhores de engenho viviam à solta, tranquilos e impunes nesse período da literatura brasileira.

CAPÍTULO 25

Belchior, o sujeito que assustou Isaura no capítulo 19 via tudo que acontecia na casa-grande apesar de ter olhos só para Isaura, por quem era perdidamente apaixonado. Começou a defendê-la das investidas de Leôncio e de Malvina. Para ele, havia algo de estranho naquele casal que dormia de dia e passava as noites em claro. Certa vez, Belchior enfrentou Leôncio e mostrou outra faceta das muitas que tinha no seu único rosto, a de corajoso. Tudo aconteceu no jantar que Leôncio oferecia para a alta sociedade de Campos. No momento em que as maiores autoridades municipais faziam uma fila para se servir do leitão à pururuca, Belchior saiu de dentro da farofa assustando o arcebispo Alcespio Araújo. Leôncio deu uma bronca em Belchior. Antes de se sair de dentro da bandeja e sacudir a farofa do corpo, Belchior fez uma pergunta a Leôncio. Enquanto falava, nuvens de farinha voavam de sua boca e entravam no decote da primeira-dama do município.

— Senhozim quer que eu limpe o caixão onde o senhor dorme o dia inteiro com sua esposa?

Fez-se um silêncio de filme de terror. O leitão à pururuca engoliu a maçã que estava enfeitando a sua boca. Os escravos que ficavam embaixo da mesa junto com os cachorros esperando para comer os ossos que *high society* jogava, ficaram quietos com medo do tronco. O arcebispo assustou-se de novo e fez o sinal da cruz. Depois, olhou para Leôncio e alfinetou.

— Dormir em caixão é coisa de quem já morreu ou coisa de... vampiro. Vampiro é coisa do demônio! Nunca batizei um vampiro, nunca!

O presidente do Partido Liberal pediu a palavra.

— Senhoras e senhores, donos da casa, escravos e todos presentes. Não é porque esse ilustríssimo anão que está em cima da farofa nossa de cada dia sugeriu que Leôncio tivesse um *hobby* como esse a que se referiu o nosso querido arcebispo que vamos encher de alho o churrasco do nosso anfitrião. É preciso dizer ao nobre senhor Leôncio que o Partido Liberal está a seu lado, mas precisamos passar isso a limpo. O partido tem uma história e um nome a zelar. Nunca aceitamos em nossas fileiras pessoas envolvidas com essas práticas que atingem a família brasileira e corrompem a sua moral. Se isso é verdade, coisa que duvido, e vem à tona, se o povo descobre, a sua candidatura ao senado, senhor Leôncio, está perdida. Mas mesmo sendo verdade, coisa que duvido, que não venha à tona e aí sim o senhor será o nosso senador, o senador do novo século. Obrigado.

Depois dos aplausos, Leôncio pediu a palavra:

— Brasileiros e brasileiras. Povo do meu Brasil. Minha gente. Eu quero agradecer a presença de todos e dizer em primeiro lugar que nunca fui, não sou e nem serei adepto da prática do vampirismo, do espiritismo ou mesmo do socialismo. Esses ismos do capeta são práticas temerárias que levam a nossa nação e o nosso povo ao caminho do subdesenvolvimento. Não existem pontes, nem viadutos, nem prosperidade em que sobeja a prática da chupação de sangue humano. Não acreditem nessa bobagem que esse aleijado enfarofado falou. Nunca dormi em caixões. Sei que um dia dormirei, mas nesse dia o meu caixão não será uma cama, será o veículo que me levará ao encontro de Deus pai todo-poderoso. Se por algum motivo o passado me condena, o futuro me absolvirá, mais que o futuro, as urnas me absolvirão. Por isso, eu peço a confiança e o voto de vocês. Mais que o voto, eu quero o sangue de todos vocês, para que juntos possamos construir um Brasil melhor e mais justo, um Brasil para todos. A minha bandeira será essa: ou o Brasil acaba com os vampiros, ou os vampiros acabam com o Brasil. Obrigado!

Leôncio foi muito aplaudido e saiu dali praticamente eleito senador do império brasileiro. De madrugada, quando todos estavam bêbados, Leôncio e Malvina aproveitaram para se deliciar com os pescoços mais influentes de Campos. Malvina sugou as mulheres, que é o que lhe agrada, e Leôncio, ora um vereador, ora um religioso e mulheres também. Em se tratando de vampirismo, Leôncio sempre foi bi.

CAPÍTULO 26

Belchior amanheceu no tronco. Leôncio deixou ordens para açoitá-lo de meia em meia hora. Cinco dias depois, Isaura ainda chorava ao pé do tronco vendo Belchior sofrer. Para Isaura ele era como um bichinho de estimação, um *tamagushi*.

A noite chegou e com ela chegou também à casa-grande o jovem Tobias com um arranjo de flores para Isaura. Foi recebido por Leôncio.

— Olá, o senhor é quem mesmo? — Perguntou um ingênuo Tobias.

— Sou Leôncio, o dono de tudo isso aqui. E você?

— Dono de tudo? Sou Tobias. Um jovem apaixonado. Se o senhor é mesmo o dono de tudo deve ser dono também da adorável Isaura.

— Sim, ela faz parte do meu acervo.

— Quero comprá-la, por favor, coloque preço.

— Isaura não tem preço.

— Todo mundo tem seu preço. Vamos. Ofereço-lhe trezentos contos de réis e um fusca, coisa de colecionador.

— Suma de minha propriedade. Antes que eu beba o seu sangue.

— Voltarei! Voltarei e levarei Isaura comigo.

— Meto-lhe na cadeia!

— Antes de ir, posso lhe fazer uma pergunta? O senhor conhece Jesus?

— O filho de Deus? Sim, ele é bem conhecido.

— A Bíblia tem uma tem uma palavra para o senhor. Vou ler: Tobias abriu a sua Bíblia e leu:

Eu sou o Alfa e o Ômega, o primeiro e o derradeiro; e o que vês, escreve-o num livro, e envia-o às sete igrejas que estão na Ásia: a Éfeso, e a Esmirna, e a Pérgamo, e a Tiatira, e a Sardes, e a Filadélfia, e a Laodiceia.

— Sim, mas o que significa isso? Eu não entendi nada. — Argumentou Leôncio.

Tobias não esperava essa pergunta, ele nunca encontrou uma pessoa que dissesse não entender o que está escrito na Bíblia. As pessoas leem a Bíblia e pronto, isso basta.

— Como o que significa? Significa que Jesus é o filho de Deus. Não tem o que explicar.

— Leôncio ficou em silêncio, um silêncio que quase pedia uma explicação sobre o que dizia a passagem que Tobias leu ao acaso.

— Como o que significa? Não tem o que explicar? É a Bíblia.

Tobias tentou explicar a passagem bíblica para não parecer um ignorante:

— É o Alfa e o Ômega, ou seja, quem crer no Alfa, crêr no Ômega que é o primeiro e o derradeiro. Então, ele vai primeiro em Éfeso e por último em Laodiceia, é isso.

— Continuo sem entender nada. — Insistiu um aborrecido Leôncio.

— São sete as igrejas da Ásia que são descritas no livro do Alfa e do Ômega. Entendeu? Guarda essas palavras.

Tobias montou em sua mula e meio sem graça foi embora. Foi embora sem explicar a passagem bíblica e sem ver Isaura que pela fresta da janela viu tudo. Leôncio estava com ódio de Tobias, do Alfa e do Ômega, por isso mandou aumentar o castigo em Belchior, ele ficaria mais quinze dias no tronco.

Isaura chorava impotente frente a toda aquela crueldade. Vó Ziquinha pegou Isaura pelo braço, levou até a cozinha e passou-lhe sermão:

— Suncê tem que ser muiê forte. Suncê tem que pará de chorar feito homê-muiê. Suncê tem que ser muiê-homi que nem dona Malvina. Suncê quer ajudá o feioso do Belchior, então suncê ajuda ele a fugir do seu Leôncio chupa-cabra.

Isaura enxugou as lágrimas e vestiu uma roupa sensual para enganar os capitães do mato que açoitavam Belchior. De forma sensual, trouxe suco para os algozes que ficaram inebriados com a sua beleza. Ela começou a dançar de forma *sexy* e, hipnotizados, os torturadores não viram quando Vó Ziquinha tirou Belchior do tronco e colocou no seu lugar um tatu-canastra. Isaura pegou os copos, a bandeja e foi para a casa-grande deixando os capitães malvados na saudade. Tomados pelo transe, eles recomeçaram a açoitar Belchior, digo o tatu.

Isaura fugiu com Belchior. Quando anoiteceu, Leôncio acordou e foi ver Belchior. Não percebeu que se tratava de um tatu-canastra e mandou tirá-lo do tronco. O tatu procurou um buraco e se escondeu. Dali a três dias, como não saia do buraco para cuidar do jardim, Leôncio desconfiou e, depois de analisar, percebeu que estava sendo enganado. Procurou por Isaura e não a encontrou. Leôncio, furioso por ter sido enganado, mandou fazer um cozidão do tatu.

Montou uma milícia com seus melhores homens e saiu à caça de Isaura. Onde será que Isaura havia se escondido? Na casa de Tobias? E se ele resolvesse ler um trecho da Bíblia para ela?

CAPÍTULO 27

A fuga de Isaura e Belchior causou em Leôncio a erupção de todo o ódio que ele havia armazenado ao longo de décadas. Tudo que lhe ocorria agora era saciar a sua sede de vingança. Sua cabeça fervia, seus olhos cuspiam labaredas de fogo e de suas ventas saiam tufos de fumaça. Em busca de alguma informação, Leôncio torturava todos os escravos. Por puro rancor, mandou atear fogo no canavial para atrapalhar a economia brasileira, mas não conseguia arrancar nada de ninguém. Foi aí que ele teve uma ideia, uma infeliz ideia: iria usar seu poder de metamorfosear-se em bicho para virar um boi e ficar entre os escravos, para ver se descobria algo.

Leôncio foi para o seu quarto, falou algumas palavras em romeno e quando olhou para o espelho viu um boi e não a sua fisionomia. Pulou a janela e saiu pelo terreiro, ora comia um capim aqui, ora dava um mugido acolá. Os escravos e os capitães do mato, que não viam um boi, e sim o próprio Leôncio achavam que ele estava doido. "Leôncio é chifrudo", essa era a fofoca que corria. Ninguém tinha coragem de rir na frente dele ou falar pra ele parar com aquele negócio ridículo de imitar bicho. O vampiro passou um dia inteiro como boi e de nada adiantou. Nem as vacas deram bola para ele. No outro dia, mudou de estratégia, foi em busca de alguma pista, remexeu as coisas de Vó Ziquinha e, no meio de suas calçolas de algodão, encontrou uma carta. Era uma carta de amor em que, com palavras de um lirismo apaixonante, os futuros amantes marcavam de se encontrar na velha choupana que havia na beira do rio. Leôncio leu a carta para si em voz alta:

> *Choupana velha, choupana velha na beira do rio, é lá que estarei esperando por ti, minha doce Isaura. Amada de meu coração, não sabes o quanto sonho contigo. Se for preciso, removerei montanhas, darei fim a tempestades. O mundo será outro se tu quiseres que eu o mude, já que este não te agrada. Venha. Entrega-te em meus braços que existem só para te amparar e se tiveres alguma dúvida em teu doce e sofrido coração, lembra-te: choupana velha, choupana velha lá na beira do riacho, o lugar em que sempre te espero.*

Uma dor lancinante tomou conta do peito de Leôncio. Ela tinha outro. Não seria ele o escolhido para saciar-se naquele pescoço angelical. A ideia de matar os amantes fugitivos se apoderou da mente do vampiro. Mas o pior estava por vir. Ao seguir a leitura da carta, Leôncio foi pego de surpresa, com uma informação nada agradável:

Quando a vi pela primeira vez, senti o fogo tomar conta de minhas entranhas. Não parava de olhar para ti, pois meus olhos ficaram escravos de ti. Desde aquele dia vivo meus dias em função dos teus. Amo-te! É o que sei dizer. Vamos fugir. Já combinei tudo com Vó Ziquinha, faça como ela disser.

Da sempre tua, Malvina.

Malvina! Malvina! Não era possível! Leôncio não quis acreditar. Mandou que buscassem Vó Ziquinha. A velha fazia uns pães de queijo quando o jagunço a pegou e saiu arrastando pelos cabelos. Leôncio, que ia atrás, dava chutes que faziam os ossos cheios de osteoporose de Vó Ziquinha estalarem. A velha, que era diabética e sofria com falta de ar e pressão alta, abria a boca buscando desesperadamente o ar que lhe faltava na esperança de não morrer. O jagunço colocou no tronco a velha de cento e quatro anos e começou a bater como quem bate em quem tem vinte e seis. O sangue escorria das costas de Vó Ziquinha. Leôncio ordenou que todos fechassem os olhos e, sem testemunhas, lambeu as costas da velha.

— Como esta carta chegou às mãos de Isaura? — Perguntou Leôncio.

A princípio, Vó Ziquinha resistiu à tortura e nada disse, mas depois de duzentas e quarenta e sete chibatadas ela falou. Pobre Ziquinha. Quem resistiria? Eu mesmo aguentaria só umas duzentas e quarenta e cinco chibatadas. O boxeador Maguila aguentaria umas trezentas e setenta e duas. Ana Maria Braga umas cinquenta e três; e Willian Bonner umas cento e vinte e seis.

— Como esta carta chegou às mãos de Isaura? Diga, velha, se não quiser apanhar mais.

Bater o recorde de chibatadas de Maguila não estava nos planos de Vó Ziquinha. Não aguentando mais a tortura, falou:

— Essa carta chegou às mãos de Isaura... pelos Correios.

— Não se faça de besta — Leôncio berrava isso enquanto dava-lhe mais uma chicotada — O que você sabe sobre quem escreveu essa carta?

— Eu sei que é uma pessoa alfabetizada — Mal terminou de falar, Vó Ziquinha levou outra chibatada.

— Seu Leôncio, se o senhozim qué sabê quem iscriviô essa carta e quem intregô para Insaura eu conto. Foi sua muié que é muié-homê. E quando o senhô sai de noitinha, ela junta com otras muié que é cantora e fica compono musca popular brasileira.

Malvina! Malvina! Agora não restavam mais dúvidas, ele estava sendo traído. A dor de Leôncio aumentou mais de dez vezes. Outros tantos de fogo e fumaça saíram de seus olhos e seu nariz. Ele tinha se tornado o primeiro vampiro enganado pela esposa de todos os tempos. Só de pensar no que as criaturas do mundo sobrenatural iriam dizer a seu respeito, das risadinhas quando ele passasse, das maledicências, das piadinhas, tudo isso deixava Leôncio completamente louco. Ele seria motivo de chacota entre zumbis e lobisomens. E se essa história de vampiro corno chegasse à Transilvânia? Se Drácula viesse a saber? Ele seria capaz de vir ao Brasil, dar cabo de Leôncio e fechar a sucursal do vampirismo nessas terras. Tudo para manter a honra dos vampiros. Era preciso fazer algo antes que tudo viesse à tona e o mais óbvio a fazer era matar uma quantidade suficiente de envolvidos. Leôncio reuniu os seus capangas e mandou que preparassem tochas-por-que naquela noite iriam atear fogo na velha choupana com Isaura, Belchior e Malvina dentro.

CAPÍTULO 28

Há neste vasto mundo pessoas que vivem o perigo na mais descontraída ingenuidade. Há pessoas que criam cobras gigantescas como se fossem poodles, outros se metem a cobrir todo o corpo com abelhas africanas e há ainda algumas mulheres que ficam paradas na frente de uma tábua para que um sujeito com venda nos olhos lhes atire facas. Alguns, quando são abordados pela PM com uma cobrança de propina, ficam indignados, pedem o número do registro e querem tirar uma foto do policial corrupto para denunciá-lo às autoridades superiores. Outros compram drogas fiado e se esquecem de pagar o traficante. Mas nada disso é tão perigoso como o que fez Tobias.

Leôncio estava lá com seus capangas organizando a matança daquela noite quando um desavisado Tobias chegou novamente com umas flores na mão e a Bíblia na outra. Veio visitar Isaura. Ele pensou: "Vou enganar esse otário do Leôncio." E se aproximou do vampiro:

— Boa noite. A Isaura está?

— Quem? — Perguntou Leôncio, já sem paciência.

— Isaura, a escrava, mas escrava por pouco tempo. Quero comprá-la.

— Eu não perguntei quem é Isaura, eu perguntei quem é você.

— Perdão, sou Tobias. Estive aqui há três capítulos. Tenho uma fazenda aqui ao lado e estudo para ser pastor. Vou ser bem sincero com o senhor: estou apaixonado por Isaura. Ela é linda, tão linda quanto aquela outra mulher que mora aqui, a das pernas torneadas, seios grandes e cabelos longos...

— Essa é a minha esposa! — Leôncio cortou secamente Tobias enquanto coçava os chifres imaginários.

— Perdoe-me. Foi uma indelicadeza da minha parte. E por falar em sua esposa, ela se encontra? Minha irmã mandou lembranças.

— O que você quer? Diga logo.

— Quero comprar Isaura. Como já lhe disse, ofereço trezentos contos de réis e um fusca inteiraço, coisa de colecionador.

— Quatrocentos e ela é sua.

— Trezentos e cinquenta e não se fala mais nisso.

— O fusca tem multas?

— Nenhuma e o IPVA está pago.

— Fechado!

Os dois se cumprimentaram, Tobias deu o dinheiro para o vampiro e assinou o DUT. Naquele momento começou uma prática que persiste até hoje no Brasil, o comércio de escravas brancas.

— E Isaura? Já posso levá-la?

— Claro! Olhe ela ali no corredor. Estique o pescoço e você a verá.

— Posso ler um trechinho da Bíblia antes?

— Não!

Tobias desistiu da leitura e virou a cabeça para trás, esticou o pescoço deixando a jugular à mostra. Leôncio gravou-lhe o dente sem dó nem piedade. Aborrecer um vampiro que já está aborrecido é uma insanidade. Tobias perdeu o dinheiro, o automóvel, o pescoço e perderá também a vida logo mais à frente. Leôncio mandou que os capangas amarrassem Tobias e o colocassem na carroça a fim de levá-lo à choupana velha.

Estava tudo preparado para a partida quando chegou a bancada do Partido Liberal. Os políticos queriam saber de Leôncio com quanto ele iria contribuir para a próxima campanha eleitoral e se podiam levar o dinheiro logo. O presidente do partido aumentou ainda mais a raiva de Leôncio quando lhe entregou um lindo bordado:

— Minha esposa ficou encantadíssima com a sua esposa. Outro dia, as duas foram passear de charrete no bosque e, para retribuir, a minha Helena pediu que entregasse esse bordado para a sua dona Malvina.

O vampiro não esperou nada. Saiu mordendo a torto e a direito. Não ficou um liberal para contar história. Leôncio limpou o canto da boca com o lindo bordado e mandou que colocassem a bancada do PL na carroça junto com Tobias. Já estavam a meio caminho da choupana velha quando o arcebispo Alcespio Araújo acompanhado de Chevy Chase, o comediante, aquele de "Férias Frustradas em Las Vegas", chegaram numa mula. Antes mesmo de o arcebispo dizer "Deus esteja convosco" e de Chevy Chase descer atrapalhadamente da mula, já levaram um chupão cada. Foram jogados na carroça e seguiram para a choupana velha.

CAPÍTULO 29

Malvina estava sozinha na choupana. Isaura e Belchior tinham ido comprar pão.

O que foi, cara leitora? Eles foram comprar pão sim. Pão é uma coisa que todo mundo come e padaria tem em tudo quanto é lugar, até na beira do riacho. Você não quer que eu deixe Isaura e Belchior na choupana onde seriam alvo fácil para Leôncio e seus capangas, né? E se Isaura morrer? Não haverá mais esse livro e tudo acaba. Estou desenvolvendo a história de forma que cheguemos no final com a morte de Leôncio, e Isaura feliz e realizada nos braços de seu amado Álvaro. É assim que terminará esse livro; é necessário que termine assim. Leôncio não pode vencer. Imagine que ele consiga o que quer e saia vitorioso! Isso implicaria dizer que teríamos o vampirismo no Brasil antes do presidencialismo. O triunfo de Leôncio significaria uma mudança completa na história do Brasil. Talvez não houvesse a libertação dos escravos, não teríamos Juscelino Kubistchek, nem Jânio Quadros. Talvez não seríamos o país do futebol, porque os jovens atletas não se interessariam por bola, e sim por pescoços. Seríamos uma nação de pescoços mordidos e adulterados. Sem falar que vampiro atrai outros seres macabros como lobisomens e zumbis. Imagine esses seres misturados aos que já temos como a Mula-sem-Cabeça, o Saci-Pererê e o caipora? Isso faria do Brasil um país muito perigoso para a prática do turismo, assim como é o Haiti.

Isaura vinha da padaria com Belchior trazendo três pães, foi o que o dinheiro deu para comprar. Foram esses simples pães que salvaram a vida dos dois. Vinham cantarolando um sucesso de Clementina de Jesus quando ouviram um barulho de carroça, era Leôncio e sua bandidagem. Os dois se esconderam na floresta e ficaram observando. Quando chegaram à frente da choupana, Leôncio gritou.

— Quem está aí na choupana velha?

Malvina ouviu e percebeu que era Leôncio. Com o seu poder de vampira, disfarçou a voz para ficar parecida com a do Cid Moreira e falou por uma fresta na janela.

— Boa noite! Quem?

— Choupana velha, quem tá? — Perguntou Leôncio.

— Quem tá o quê? É o Mister M que está falando? — perguntou Malvina Cid Moreira.

— Choupana velha, quem tá aí dentro?

— Não tem ninguém aqui não. Mister M desapareceu com as pessoas. Ah, Mister M, senhor de todos os sortilégios. Você aí fora, volte mais tarde.

— Como não tem ninguém se eu estou falando com você?

— Mas eu não sou ninguém, sou a empregada, sou escrava.

— Escrava? Com uma voz bonita dessa? E de homem? Saía já daí! Quem está mandando sou eu, Leôncio.

— O que o senhor quer? Tá vendendo alguma coisa? Minha patroa não quer comprar nada não. Tá tudo tão caaaaaro.

— Parabéns pela sua voz, é muito boa mesmo! Quanto a mim, estou procurando uma escrava fugida.

— Aqui ninguém fugiu de nada não. Aqui todo mundo é trabalhador.

— Eu sei que a sua voz passa muita confiança, mas você poderia mostrar-me a carteira de trabalho de todo mundo aí, já que todo mundo é trabalhador. Faça isso e vou embora.

— A carteira está na delegacia regional do trabalho.

— Então mostre o holerite e vou embora.

Malvina respondeu jogando uma panela que acertou na cabeça de Leôncio.

— O que é isso? Esbravejou Leôncio.

— Jabulaaaaaaaniiiiii.

Leôncio interrompeu o diálogo e mandou que ateassem fogo no cavalo e na carroça onde estavam Tobias, o arcebispo, Chevy Chase e o Partido Liberal. O cavalo disparou feito um alucinado puxando a carroça rumo à velha choupana. A carroça, ao se chocar contra a porta e a parede principal da choupana, explodiu. Malvina, apesar de ser vampira e a única pessoa que imitava o Cid Moreira naquela época, não resistiu e morreu queimada pelo fogo. Em pouco minutos ela virou cinza.

Hoje é fácil imitar o Cid Moreira, naquela época não. Como ele ainda não tinha nascido nem era famoso, os imitadores daquele tempo não tinham a referência e preferiam imitar D. Pedro II ou José Bonifácio. Só uma pessoa com poderes sobrenaturais poderia sair na frente e imitar alguém que só seria imitado no século seguinte. Malvina foi uma pioneira da imitação.

Agora, quanto à explosão do barraco? Devia ter muita pólvora estocada naquela choupana, não tem outra explicação. Um barraco de barro não explode só porque uma carroça pegando fogo com a cúpula do Partido Liberal se chocou contra ele. Provavelmente, alguém estocou vários barris de pólvora seca ali e não avisou as autoridades. Isso está me cheirando a coisa de Duque de Caxias.

CAPÍTULO 30

Ao ver a explosão, Isaura, em estado de choque e com a voz presa, saiu do matinho onde estava escondida com Belchior, chorando, e chegou perto de Leôncio, que falava alto para si:

— Malvina está morta, junto com Belchior, aquele filhote de cruz-credo, e Isaura, linda. Pena que aquele senhor de voz bonita que estava com ela lá também morreu. Se a voz era daquele jeito, imagine o sangue.

— Assassino! — Isaura falou em meio ao pranto.

Leôncio se virou e viu Isaura. Ele que pensava que ela estava morta, levou um susto daqueles e deu um gritinho acompanhado de um chilique.

— Calma, Seu Leôncio, eu só tô dizendo que o senhor é um assassino.

— Vai dar susto em quem tem coragem! Você, bandida, cachorra, não deveria estar morta naquela explosão?

— Os orixás me salvaram. Eu fui comprar pão com Belchior. Só Malvina estava lá dentro. Assassino! Você matou dona Malvina, a mulher que me fez sentir coisas que eu nunca tinha sentido.

— Você, Isaura, só me contraria. Quando eu queria lhe dar uma vida boa, você não quis. Agora que eu queria matá-la, você escapou. Vou colocá-la no tronco que é pra você aprender a me respeitar, sua galega. Levem-na para o tronco e esse filhote de marreco com anão também!

Os capitães do mato levaram Isaura e Belchior. Leôncio ficou só, olhando para o barraco que se derretia em labaredas. Ele se sentiu o dono da noite e das trevas. Toda aquela perversidade dava a ele uma sensação de prazer e acolhimento. Já podia respirar em paz, e um leve sorriso de escárnio brotava em seu rosto. Leôncio abriu os braços de forma ritualística, proferiu algumas palavras em romeno e ofereceu aquela noite ao demônio. Depois, segurou sua capa com se fossem asas e se transformou em morcego, o único bicho que ele virava de verdade. Era mais fácil voltar voando para a casa-grande do que a pé.

Leôncio voava tranquilo rumo à casa-grande, olhando a Floresta Amazônica abaixo de si. Caro leitor, eu sei que no estado do Rio de Janeiro a mata é atlântica, mas como tenho esperanças que esse livro seja vendido no exterior, coloquei Floresta Amazônica. Para o estrangeiro, toda mata brasileira é amazônica.

Leôncio voava tranquilo pensando na empresa de sangue que abriria sozinho, agora que era viúvo. Foi aí, enquanto estava distraído que um gavião veio por trás e tacou-lhe as garras. Leôncio ficou preso e ainda levava bicadas na cabeça.

— Era o que me faltava, virar comida de gavião. — Grunhiu Leôncio no idioma dos morcegos.

Não havia outra alternativa ao vampiro que não fosse transformar-se em gente. Estavam, ele e o gavião a uns quatrocentos metros de altura. Do nada, Leôncio transformou-se e os dois caíram no chão, ficaram ali um tempo desacordados. O gavião acordou primeiro, todo grogue, e começou a bicar a cabeça de Leôncio, que despertou, olhou para o gavião que, bravo, não desistia de bicar-lhe o cocuruto. Pegou a ave pelo pescoço, torceu e bebeu o sangue.

Voltou a pé para a casa-grande, machucado da queda, das bicadas e na honra.

CAPÍTULO 31

A arquitetura no Brasil dessa época, o século XIX, é um refresco para o olhos e para o espírito. O art decó, o barroco, enfim, o classicismo que, mesmo trazido de fora, adaptou-se e se renovou nessas terras. Também a culinária, a moda, os costumes, as charretes e os lampiões a óleo de baleia que iluminavam as ruazinhas encantam-nos e nos remetem à felicidade que existia para alguns naquele fortuito tempo. Pena que todo esse acervo um dia irá se perder e as gerações futuras, bem futuras, não saberão quem foi escrava Isaura, Belchior e nem o legado dos construtores da identidade brasileira e mundial.

Sim, caro leitor, tudo irá se perder, não adianta conservar nada. Saibam que, no ano de 5047, uma grande explosão nanotecnológica destruirá tudo que há na terra. Não restará planta, construções, pássaros, nenhum vestígio, nada, nem bactérias.

Tudo se reduzirá ao pó, este planeta será uma Chernobyl das galáxias. No ano de 6198, chegarão aqui os arqueólogos alienígenas que estudarão, em meio ao pó, o que havia e quem habitava este solo arrasado. Depois de exaustivos cinquenta anos de escavações e centenas de metros de profundidade, eles encontrão um HD com uma única gravação. A partir desse único documento, os cientistas *aliens* tentarão reconstruir o que foi a humanidade. Mesmo para *aliens*, ricos em tecnologias inimagináveis, não será uma tarefa fácil, a dificuldade não estará na legibilidade da gravação, que será boa, mas no seu confuso conteúdo. Caro leitor, o que haverá na gravação não será o registro de todas as guerras que vivemos, nem filmes que contam o nosso pensamento e os nossos arquétipos, nem o documentário de nossos feitos, nem a imagem de uma família no dia a dia. Não haverá ali Churchill, Hitler, Isaura, Leôncio nem outros personagens tão marcantes. Haverá apenas uma música, com todos os seus acordes, estrofes e refrões. Os cientistas estudarão inutilmente por décadas e nenhum deles conseguirá decifrar quem somos nós. A gravação não será a da voz de Frank Sinatra, Charles Aznavour, nem as sinfonias de Beethoven, Mozart, nem os sucessos dos Beatles. A gravação trará a música Moranguinho do Nordeste de Lairton dos Teclados.

Deus, às vezes, é cruel e irônico com seus filhos. Seremos lembrados, num futuro distante, pelos versos de "Morango do Nordeste" e pela voz de Lairton dos Teclados. Só o verso "Tu sabes, não existe sou cabra da peste / apesar de colher as batatas da terra" consumirá décadas de estudo, vidas e muitos milhões da verba do governo alienígena, sem que ninguém no universo faça a menor ideia de que porra significava aquilo. Outra parte da gravação, em quem Lairton canta "Aaaaaiiiiiiiii, é o amor / Ai é o amor/ Aaaaaiiiiiii, é amoooooor". Fará com que eles pensem ser aquilo algum tipo de adoração aos deuses, que se trate de um rito de passagem ou o momento em que os habitantes deste inóspito mundo deixavam de existir, a morte.

Depois de séculos de estudo, chegaram a uma única conclusão: que "Morango do Nordeste" tinha tudo a haver com a hecatombe que pôs fim à humanidade.

CAPÍTULO 32

Uma enorme briga começou no pátio da fazenda de Leôncio. Eram os capitães do mato esbofeteando-se para ver quem bateria em Isaura. Ela amanheceu no tronco, amarrada, de lingerie vermelha, calcinha fio dental e cinta-liga. A multidão em volta aumentava à medida que a notícia corria. Caravanas chegavam até do Espírito Santo só para ver a fetichista cena de Isaura no tronco. A coitada passou o dia inteiro a pão, água, sorvete de pistache, chocolate belga e muito chicote. De suas costas corriam rios de sangue. À noite, Leôncio apareceu. Ao ver a multidão, resolveu cobrar ingresso. Antes de ir falar com Isaura, encontrou uma bela senhora, lá pelos seus trinta anos de idade, perdida pelos cantos do quintal da casa-grande. Leôncio foi gentil:

— Está à procura de algo, senhora? Posso ajudá-la?

— Cavalheiro, procuro o toalete.

— Faço questão de mostrar-lhe o caminho.

Leôncio ofereceu a mão à mulher que quando a tocou sentiu um calafrio e quis desmaiar. O vampiro a pegou pelos braços e, vendo a pobre vítima, indefesa, foi encaminhando os caninos ao entregue pescoço. A mulher ainda teve forças para perguntar.

— O que você está fazendo?

— Sugando-lhe o sangue, mas, por favor, não dê escândalo, será uma coisa rápida.

— Então você é o vampiro que comentam existir nessa fazenda? Meu Deus, é verdade! Você existe! Não faça isso, sou casada...

— Eu não tenho preconceito.

— Não faça isso, além de casada, sou diabética.

— Diabética?

Leôncio mordeu o pescoço da mulher só para fazer um furinho. Pegou um frasquinho de Zero Cal no bolso do casaco preto, pingou sete gotas na veia e balançou a mulher para misturar o adoçante ao sangue. A mulher falou.

— Cuidado, isso aí é cancerígeno. Tem edulcorantes artificiais.

— Cancerígeno? Eu não tenho preconceito.

Cravou a boca no pescoço da coitada, limpou um fio de sangue que respingou na lapela e foi falar com Isaura. Encontrou-a mole e exausta no tronco.

— Isaura, essas chibatadas doem mais em mim do que em você. Sei que é difícil acreditar nisso, mas acredite.

As pessoas que estavam em volta deram uma vaia em Leôncio. Isaura falou com sabedoria.

— Não me importa se as chicotadas doem ou não. Sou escrava, este é o meu destino. Seguirei apanhando, mas sempre fiel às minhas convicções.

A torcida era claramente a favor de Isaura, e todos aplaudiram. Leôncio, com inveja da popularidade de Isaura, começou a jogar para a torcida.

— Eu sou contra esse negócio de seguir apanhado. Mesmo o escravo não nasceu para apanhar. O que é isso, gente? Só faço isso porque a lei obriga e é a tradição. Tem muita coisa no governo que eu não gosto, mas se eles mandam bater em escravo fujão, o que eu vou fazer? Quem sou eu pra ir contra as leis do imperador D. Pedro II?

Uns vaiaram e outros aplaudiram a fala de Leôncio. Meia dúzia de puxa-sacos começaram a puxar um coro. "Pro povo não ter dor, Leôncio senador!"

Isaura, impaciente, perguntou:

— O que o senhor quer de mim, diga? Por que me persegue? O que lhe fiz para merecer isso?

— Nasceste bonita! Esta é a sua perdição.

— Sim, nasci bonita, mas também nasci escrava. Já fui convidada para fazer milhões de comerciais, mas se faço o dinheiro é todo seu.

— O escravo aqui sou eu. Escravo de uma maldição que não me deixa andar de dia e escravo do amor que sinto por ti.

Eleição no Brasil é mesmo uma faca de dois gumes: o que era meia dúzia de puxa-sacos virou uns trinta. "Pro povo não ter dor, Leôncio senador".

— Tens amor por mim?

— Sim! Case-se comigo.

— Que tipo de exploração é esta agora?

— Venha ser a senhora Leôncio. Vamos ser donos de tudo. A minha indústria do sangue vai ser um sucesso.

— Não posso ver sangue que desmaio.

— Besteira! Dez minutinhos comigo e você vai ver que sangue é melzinho. Nunca mais vai querer beber água.

— O que o senhor está dizendo? Saiba que nunca o amarei.

— Não precisa amar, podemos viver num casamento de fachada.

— Nunca! Só me casarei com a pessoa que eu possa amar e que me ame.

— Então eu te amo e você começa a me amar. Pronto!

— Nunca escravizarei o meu coração. Seu Leôncio, me dê apenas um motivo para eu me casar com o senhor.

— Eu sou bonito.

Nessa hora o povo riu muito. Isaura atacou:

— Prefiro me casar com o Compadre Washington.

A cada fala de Isaura, o público se manifestava com aplausos. A cada fala de Leôncio, eram vaias que se ouviam. Ela, que não é boba, se firmou no apoio popular:

— Como posso amar um homem que subjuga outro homem, que se diz dono de outro como se o ser humano fosse um bicho? Como posso amar um homem que coloca um semelhante no tronco só porque não lhe faz as vontades?

O povo ficou em silêncio. Parecia o fim para Leôncio, mas ele foi enfático em sua defesa.

— Mas eu não faço isso com o meu semelhante, eu só faço isso com quem é preto.

Depois de um breve silêncio, o povo aplaudiu Leôncio. Com uma única frase, ele virou o jogo. Os argumentos de Isaura já não iam de encontro ao senso comum do brasileiro da época, que, de negro, só gostava do café.

Aqui é preciso fazer uma pausa para um estudo antropológico do brasileiro do século XIX para entendermos o de hoje. O brasileiro daquela época não assistia a novela e não tinha acesso à internet, mas, em compensação, não pagava IPVA. Ele dormia cedo e não tinha duchinha ao lado do vaso sanitário, não tinha nem vaso. O de hoje dificilmente usa bigode, é mais compreensivo, solidário e politicamente mais consciente, mesmo assim vota no José Sarney. Naquela época, quando alguém queria sacanear um escravo dizia: "Ô pé de rodo!". Os tempos mudaram, não você não pode dizer: "Ô rodinha de aspirador de pó!", se fizer isso vai para a cadeia com toda razão e justiça. Hoje em dia, existem leis antirracismo, naquela época as leis eram pró-racismo e Deus, segundo a igreja da época, aprovava tudo. Os tempos mudaram, graças a Deus até no sexo. Os jogadores de futebol do século XIX tinham pavor a travesti e não entravam em campo se soubessem que no estádio havia algum. Hoje em dia, não existe mais esse preconceito bobo e alguns jogadores até são travestis. O negro de hoje também está em situação diversa daquela do século XIX. Graças a sua luta e dedicação, aos poucos, ele foi ganhando espaço e acumulando conquistas. A primeira grande vitória foi a lei da "Vuvuzela Livre" que dava ao afrodescendente o direito de tocar a vuvuzela das oito da manhã às sete da noite. Mas ainda há muito para se conquistar.

Quando Isaura viu que o povo gostou de ouvir Leôncio dizer que só batia em negros, contra-argumentou na tentativa de salvar o próprio pescoço.

— Mas eu sou branca. Sendo assim, o senhor não pode me bater.

— É branca, mas tem alma de negra.

Leôncio foi para o povo.

— Meu povo, vejam esta radiografia. Esta mulher dissimulada é negra por dentro.

O povo começou a gritar, aplaudir e carregar Leôncio nos braços. A maioria entoava o refrão "Pro povo não ter dor, Leôncio senador". O vampiro pediu a palavra:

— Essa ingrata disse que não vai se casar comigo. Só porque sou bonito. Pois então, eu que sou o senhor dela ordeno que ela se case com Belchior e seja feliz com aquele filhote de vassoura com perereca.

O povo gritava entusiasmado: "Eu, eu, eu. Isaura se f#&eu".

Isaura apenas chorava baixinho.

CAPÍTULO 33

Maldade e bondade são conceitos relativos. O que é, na essência, o bom? E o ruim o que é? O que para uns é injustiça, para outros é mais que justo. Para algumas pessoas, José Sarney é o demônio em carne e osso, para outros é o demônio em osso e carne. O que é bom para Ciclano pode não ser para Beltrano. Isaura, por exemplo, e o Conselho Nacional de Defesa do Negro acham que Leôncio é um vilão malvado que não tem consideração. Mas, para Belchior, ele é um benfeitor, altruísta, amável e solidário. Belchior nunca imaginaria que fosse possível casar-se com Isaura, colocar as mãos naquelas carnes, é muita areia para aquele caminhãozinho amassado e feio. De repente, Leôncio ordena: "Isaura case-se com Belchior e faça esse bicho feliz!" Para Belchior, a tríade sagrada era Leôncio, Deus e depois Jesus. Noivo de Isaura! Quem diria? O jegue e o porco que dormiam com ele deveriam estar mortos de inveja.

Não restou outra coisa a Belchior que não fosse a gratidão. Ele se engajou na campanha eleitoral de Leôncio, colava cartazes, ia de casa em casa pedindo voto, queimava comitês dos adversários e sumia com os candidatos fortes que pudessem ameaçar a eleição do vampiro. Tanto que Leôncio foi eleito com mais de cinco milhões de votos, apesar de só existirem cinquenta e cinco mil eleitores. O dia do casamento estava chegando e Belchior a cada dia via aumentar o seu amor por Isaura e sua gratidão por Leôncio. Até mesmo uma cena que faria com que a mais sólida das amizades se desmoronasse não foi capaz de abalar o sentimento de Belchior. Enquanto engraxava as botinas do vampiro, Belchior ouviu um som estranho vindo do estábulo, uns gemidos. Correu para acudir e quando chegou espantou-se com o que viu: Leôncio chupava o pescoço e bebia o sangue de duas escravas jovens. Belchior correu para a floresta amazônica e ficou lá por três dias. Pensou, pensou e voltou com a clara resolução: iria oferecer o seu pescoço para que o amigo não precisasse mamar em simples escravas. Ao vê-lo, Leôncio esbravejou:

— Onde você esteve? Eu precisando de você para incendiar o barraco de uns pobres e você some.

Em silêncio, Belchior voltou ao trabalho. Não tocou no assunto da cena do estábulo, mas ficou à espera de uma oportunidade, deixou o pescoço à mostra para que Leôncio tomasse a iniciativa. Mostrava-se solicito. Às vezes, dava até umas indiretas com comentários do tipo "Africano é tudo sangue ruim". Ou "Seu Leôncio, uma cigana me disse que em vidas passadas eu era um príncipe, ou seja, eu tinha sangue azul. Será que o meu sangue ainda é azul?" Leôncio olhou para Belchior pensou em saciar a sua sede ali, mas, quando ia morder, vomitou e desistiu.

Belchior, acostumado a ser subjugado, limpou o vômito sem reclamar. Nunca mais se ofereceu.

CAPÍTULO 34

Chegou o dia do casamento. O bolo, os doces e o vestido, tudo estava preparado. Tentaram de tudo que foi jeito para deixar o noivo com um aspecto mais humano, mas não foi possível. Isaura estava linda e exuberante, mas triste porque aquele não era o casamento que seu coração queria. Seu coração pertencia a outro, pertencia a uma pessoa que ela ainda nem conhecia, mas que conhecerá em breve, daqui a alguns capítulos, numa cena inesperada e surpreendente para qualquer leitor, uma cena realmente imperdível.

Voltando ao casamento, apesar de Leôncio estar revoltado, apesar de ele querer ser o noivo, não fez questão de economizar, mandou matar um boi e dois capados, reformou a capelinha da fazenda e contratou o cerimonial do casamento com direito a equipe de filmagem. Os padrinhos, por parte de noiva, eram

Alcione, Milton Gonçalves e Seu Jorge. Pela parte do noivo, eram padrinhos o jegue, o porco e Preta Gil. A cerimônia estava marcada para as dezessete horas. Às quinze horas, duas horas antes, Leôncio já estava bêbado por ter chupado o pescoço de um alcoólatra. O vampiro começou a dar vexame, subiu em cima do tronco e discursou. Disse que era dono de tudo aquilo, que ia abrir uma empresa de sangue e tirar o sangue de todos ali até a última gota. Disse que a primeira noite da noiva ia ser com ele, que é dono de tudo. Terminou dizendo que na terra não havia nada nem ninguém que o impedisse. Nesse momento, entrou pelo pátio, levantando poeira, um batalhão dos Dragões da Independência com mais de setenta cavaleiros. Leôncio se assustou e caiu do tronco.

Vejam o que é o mundo surreal do Romantismo brasileiro, esses Dragões faziam a guarda e proteção do Imperador que estava chegando. Eles deveriam se chamar Dragões do Império, mas Dragões da Independência é nome mais conhecido. O que importa é que o imperador estava ali e na companhia de Abraham Lincoln, o presidente do Estados Unidos da América. Para você que ainda não desistiu da leitura desse livro, eu devo uma explicação. Ora, Leôncio agora era senador do império e o imperador apareceu para tratar de negócios e o fato de aparecer logo no dia do casamento de Isaura é uma dessas coincidências que acontecem na vida. A queda do World Trade Center, por exemplo, deu-se no mesmo dia em que minha sogra sacou o dinheiro do fundo de garantia. Não é uma coincidência incrível? Enquanto milhares de americanos sofriam com a dor do maior atentado já sofrido em seu território, minha sogra fazia planos de viajar para o Guarujá com o Ferreirinha, o viúvo aqui da vizinhança que ela toma conta. A festa que prometia ser boa ganhou agora um *status* de banquete imperial.

Em menos de dez minutos, os Dragões da Independência já haviam comido toda a comida, inclusive o bolo. Belchior ficou preocupado, a presença do presidente dos Estados Unidos em qualquer lugar rouba a cena e é capaz de parar até uma guerra, porque não poderia parar o seu casamento? E se Isaura se apaixonasse por alguém da comitiva americana? Seria uma desfeita e até um incidente diplomático Leôncio não doá-la. O anfitrião tratou de levar seus convidados para a casa-grande. Abraham Lincoln sentou-se numa cadeira e tomou café junto com D. Pedro II. Os três começaram a falar sobre cana-de-açúcar, café e indústria do sangue. Leôncio expôs todo o seu plano, que na verdade era do seu sogro, o senhor Pestana. D. Pedro II perguntou por Malvina, Leôncio desconversou dizendo que ela tinha ido pescar.

Abraham Lincoln não gostou da ideia de uma indústria do sangue, de usar o sangue dos escravos para mover os motores do futuro. O presidente dos USA deu um murro na mesa e disse que aquilo era coisa de animal e que os escravos deveriam ser livres e não glândulas ambulantes produtoras de sangue. A irritação de Lincoln incomodou Leôncio. Havia algo naquele homem que não combinava com ele. Um olhou no olho do outro e sentiram que dificilmente seriam amigos, mais que isso, o caminho da inimizade estava aberto e pronto para receber a pavimentação onde transitaria o caminhão do ódio mútuo.

D. Pedro II perguntou o que estavam comemorando ali, Leôncio disse que era o casamento de uma de suas escravas. Abraham Lincoln se interessou e quis ficar para a festa, Leôncio deu um murro na mesa, mas não pôde evitar. O casamento de Isaura teria grandes autoridades presentes, ganhando em prestígio político do casamento da filha de Zezé di Camargo e Luciano e perdendo só para o casamento da princesa Diana.

CAPÍTULO 35

Abraham Lincoln se assustou quando viu o noivo. Ele estava sentado ao lado de D. Pedro II e de Vó Ziquinha. A capelinha da fazenda estava lotada, mal cabia os Dragões e a imprensa. O noivo estava no altar, por precaução, dentro de uma jaula, para que as crianças se sentissem protegidas. Miguel, pai de Isaura, que tinha vindo de Caruaru num ônibus da Itapemirim só para o desenlace da filha, entrou com a noiva. Leôncio fez às vezes de sacerdote já que o arcebispo tinha morrido na explosão que matou Malvina e a cúpula do Partido Liberal. Leôncio partiu o pão, deu graças e o comeu sozinho. Depois, colocou o vinho na taça e bebeu tudo. Finalmente, perguntou:

— Você Isaura, aceita esse filhote de javali com tatu-bola como marido?

O próprio Leôncio respondeu.

— Aceita sim. Eu sou seu dono, então não precisa você falar, eu mesmo falo por você.

— E você, coisa feia, aceita Isaura como esposa?

Leôncio respondeu pelo noivo.

— É claro que aceita. Onde já se viu uma coisa horrorosa que nem essa não aceitar casar com um monumento desses. Pode casar, mas é sabendo que vai ser corno.

A inconveniência de Leôncio já estava aborrecendo o imperador, que ordenou:

— Acabe logo com esta cerimônia e nos poupe de seus comentários.

Se não fossem os mais de setenta Dragões da Independência ali presentes, setenta e um para ser mais exato, Leôncio teria mordido o imperador. Preferiu ficar quieto e obedecer para não tumultuar.

— Se tiver alguém que saiba algo ou é contra esta cerimônia que fale agora ou se cale para sempre.

Para a surpresa de todos, uma pessoa se levantou.

Nas novelas, quando o padre faz essa pergunta é certo que alguém vai se levantar e dizer que sabe algo ou é contra. Isso só não acontece na vida real. Uma vez, em Uberaba, um gaiato fez isso só de brincadeirinha e levou um tiro, da noiva.

Mas quem se levantou? Quem não queria que Isaura se casasse com Belchior? Será que foi Álvaro, o príncipe encantado dos sonhos de Isaura? Será que este é o capítulo em que o nosso Rambo de Recife irá aparecer? Calma, ansiosos corações apaixonados, ainda não chegou a vez de Álvaro. Quem se levantou com altivez e autoridade foi Abraham Lincoln:

— *Yes, I have something against this marriage.*

"Sim, eu tenho algo contra esse casamento". Está é tradução mais adequada para o que disse o presidente dos Estados

Unidos da América que seguiu com o seu discurso, agora já traduzido na sua íntegra:

— Esta jovem está se casando com esse peru de ação de graças sem amá-lo. Lutamos e vencemos a Guerra de Secessão para que isso nunca mais acontecesse. Na América, agora unida com todas as suas confederações, prezamos a livre escolha, esse é o nosso estilo. Vidas foram ceifadas para que todos possam experimentar o doce sabor da liberdade. Muitos não quiseram que Pocahontas se casasse com John, mas o destino e o bom Deus assim quiseram. Com certeza, esse senhor Leôncio, homem amargo, com cara de confederado, que se diz dono de tudo, obrigou essa jovem a um matrimônio indesejado. Esse homem age com se fosse um árabe que obriga as filhas a casamentos arranjados. Esta cena é repugnante, se eu tivesse ido ao teatro, assistir à peça do grande ator de quem sou fã John Wilkes Booth, ganharia muito mais. Não aceitarei isso e se o imperador do Brasil, que é meu amigo, não fizer nada, terei que declarar guerra contra este país.

Os Dragões da Independência colocaram a mão na espada. D. Pedro II pediu calma e discursou em português sem precisar de tradução:

— O Brasil é um país vocacionado para a paz. Não nos passa pela cabeça entrar numa guerra contra uma nação amiga e amante da liberdade e armada até os dentes como são os Estados Unidos da América. Mas, também, não aceitamos ingerência sobre nossas decisões. Não serei eu o ditador que dirá a essa jovem que case ou deixe de se casar. Ela, apesar de escrava, é que deverá dizer. Por isso lhe pergunto, filha, queres se casar com esse filhote de papagaio com chupa-cabra?

Isaura disse com a convicção que nenhum escravo teve em todo a história da escravidão brasileira:

— Não, eu NÃO quero! Sei que em algum lugar aí fora existe um príncipe me esperando.

Leôncio, furioso, soltou um berro, deu um salto de cinco metros de altura e caiu em pé em cima do altar. Seus caninos estavam pontiagudos e seus olhos vermelhos. Os setenta e um Dragões da Independência, com medo, correram para o mato junto com os convidados e a imprensa. Vó Ziquinha gritou:

— É o Exu preto!

D. Pedro II corrigiu:

— É o discípulo de Drácula! Esta fera é um vampiro!

Leôncio se encaminhou para perto do indefeso imperador. Até que enfim ele iria experimentar sangue azul. Seria muito bom, mas também poderia lhe trazer o inconveniente de uma diarreia, já que estava acostumado só com sangue de escravo. Leôncio pensou em beber só um pouquinho de sangue azul e guardar o resto para depois. Queria experimentar também o sangue de Abraham Lincoln, que era produto republicano e americano, uma novidade por aqui.

Vó Ziquinha observava tudo, sem correr nenhum perigo, com ofertas tão especiais, é claro que ela estava livre. Leôncio tomou D. Pedro II nos braços e, quando estava pronto para a mordida fatal, recebeu um golpe que o fez cair a uns quinze metros de distância. Levantou-se cambaleante sem entender que força foi aquela que o atirou longe e sem possibilidades de defesa.

Leôncio ergueu a cabeça e viu o pesadelo a sua frente, o lobisomem.

CAPÍTULO 36

Abraham Lincoln nasceu no Kentucky e começou a sua carreira política no estado de Illinois. Certa vez, quando vinha de um julgamento, ele era um renomado advogado, em uma estrada deserta, o cavalo que puxava a sua carruagem assustou-se com algo que se escondia na beira da estrada, atrás de uma moita. Abraham Lincoln desceu para ver o que era, ao se aproximar da moita foi brutalmente atacado por um lobo-guará. Meses depois, Abraham Lincoln deixou crescer uma barba estranha, sem bigode, começava a apresentar sintomas do contato com o lobo-guará. Ficou mais agressivo no trato político e resolveu apoiar o fim da escravatura nos USA. Passou a comer carne mal passada, às vezes até crua. Urrava no parlamento quando uma de suas leis era aprovada. Exatamente um ano depois desse episódio, ele transformou-se completamente em lobisomem pela primeira vez.

Sim, Lincoln era o lobisomem que atacou Leôncio. Começou ali, dentro da capela da fazenda, uma das mais terríveis lutas entre esses dois inimigos mortais, vampiro contra lobisomem; republicano americano contra liberal brasileiro; fã de futebol contra fã de basquete. Leôncio deu uma voadora no queixo de Abraham Lincoln, que revidou com um pontapé no peito. O vampiro voava dentro da capela, de um lado para o outro, desviando das cadeiras jogadas pelo lobisomem. Vó Ziquinha quis ajudar o lobisomem, mas levou uma pernada e caiu desacordada. O lobisomem aproveitou o momento em que Leôncio batia em Vó Ziquinha para agarrá-lo por trás. Lincoln o apertava num abraço mortal, as costelas do vampiro estalavam à medida que iam quebrando. Leôncio virou a cabeça cento e oitenta graus para trás e mordeu o nariz peludo de Lincoln que o soltou e caiu com a cara jorrando sangue. Leôncio quis lamber o sangue do lobisomem, mas levou um chute na cabeça que o fez atravessar a grossa parede da capela e perder todos os dentes da frente. Já no pátio, o lobisomem arrancou o tronco onde os escravos eram castigados e correu para o vampiro, levantou o tronco para acertar a cabeça do oponente, quando levou um tiro de bacamarte no ombro. Era um dos Dragões da Independência que voltava do seu esconderijo no mato. O lobisomem correu para dentro da floresta amazônica e não foi mais visto. D. Pedro II foi colocado às pressas na sua carruagem e levado para o Rio de Janeiro.

Depois desse episódio, outra visita de um presidente dos Estados Unidos ao Brasil só foi acontecer no Estado Novo de Getulio Vargas, quando ele recebeu aqui o presidente Roosevelt. Esse não virava lobisomem, mas sabia imitar vários tipos de pássaros assoviando.

CAPÍTULO 37

Isaura aproveitou o tumulto e fugiu com o seu pai, Miguel. Eles se esconderam na carruagem de D. Pedro. Chegando ao Rio, foram à rodoviária Novo Rio. Lá, compraram passagens para a carruagem das dezessete horas. Depois de muita luta e sofrimento, chegaram a Recife.

Tudo era novidade para Isaura, que não conhecia o frevo, o maracatu e uma bebida muito apreciada, o pau do índio. No terceiro dia em Recife, Isaura conheceu o bicho maluco beleza. Dançaram frevo e saíram no Galo da Madrugada e, por fim, no Bacalhau do Batata. No sétimo dia, Isaura, completamente apaixonada pelo bicho maluco beleza, sofreu uma desilusão: maluco beleza conheceu a Moreninha, do romance de Joaquim Manoel de Macedo, e deixou Isaura só. Para piorar as coisas, Miguel, seu pai, foi tomar um banho de mar na praia de Boa Viagem e foi comido por um tubarão.

Isaura estava só. Naquele momento ela preferiu não ter fugido, queria voltar para Leôncio e cumprir o seu destino de ser escrava.

CAPÍTULO 38

Na outra ponta do Brasil, em Campos, Leôncio estava acamado, ou melhor, acaixãozado. Há cinco dias que ele não se levantava para nada. Tinha dores por todo o corpo e, ao passar a mão pela boca, percebeu que tinha perdido todos os seus dentes da frente, inclusive os caninos. Ele pensou: "Que vergonha! Serei o único vampiro banguela do mundo."

Naqueles dias de convalescença, ele não mordeu ninguém e nem podia, por isso estava fraco. Belchior chegou perto do leito do vampiro e disse que Isaura tinha fugido. O vampiro olhou para Belchior, pediu que ele chegasse perto e cravou-lhe uma caneta no pescoço. Pelo furo feito com a caneta, Leôncio introduziu um canudinho e começou a sugar o sangue de Belchior. Sentiu-se saciado, "A fome é o melhor tempero que existe", pensou. Há tempos, o vampiro esnobou o pescoço de Belchior, teve até ânsias de vômito, agora não, sentiu prazer na refeição, era como se sugasse o sangue de Leonardo di Caprio. Às vezes, a ocasião faz a beleza.

Já restaurado de suas forças, Leôncio fez um bochecho com o sangue e o mandou de volta para dentro do pescoço de Belchior, isso fez dele um vampiro também. Leôncio precisaria da ajuda dele para encontrar Isaura e se ele fosse vampiro, tanto melhor.

Belchior começou a farejar pistas. Pelo faro, descobriu que Isaura tinha fugido na carruagem imperial, chegou à conclusão de que ela tinha fugido para a corte. Rumaram para a corte os dois, voando, Leôncio transformado em morcego e Belchior em urubu.

Foram atrás de Isaura e de um cirurgião dentista.

CAPÍTULO 39

Na rua do Ouvidor, Leôncio encontrou um dentista que examinou a sua condição e deu o diagnóstico, seria preciso colocar uma dentadura, além de tirar o tártaro dos dentes de trás e escovar a língua. Leôncio pensou: "Que vergonha! Serei o primeiro vampiro do mundo a usar uma dentadura."

Leôncio convenceu o dentista que dentadura não era uma boa ideia e nisso ele teve sorte, pois caiu na mão de um excelente profissional. Além de ótimo periodontista, o Dr. Linhares era também ortodontista e fazia implantes. Ele anestesiou o vampiro e começou o trabalho que foi finalizado com a colocação de um aparelho ortodôntico. Leôncio perdeu os caninos ameaçadores e ganhou um belo sorriso, um sorriso de Reynaldo Gianecchini. Quando o paciente acordou, Dr. Linhares pegou um espelho e lhe mostrou a sua obra de arte. Ele estava orgulhoso, Leôncio, não.

— Que vergonha! Sou o único vampiro do mundo que usa aparelho.

Ele tentou de todas as formas arrancar o aparelho, mas não conseguia, a dor era insuportável. Resolveu ficar assim mesmo, mas para se vingar, partiu para cima do Dr. Linhares tentando mordê-lo no pescoço. Para aumentar a revolta de Leôncio, o aparelho não o deixava morder.

— Que vergonha! Sou um vampiro que não consegue morder.

Leôncio chamou Belchior que esperava na antessala do consultório e mandou que ele mordesse o dentista. Belchior ficou feliz pela oportunidade de fazer a sua primeira vítima. Depois da mordida, Leôncio espantou Belchior de perto, tirou um canudo do bolso do casaco e sugou o sangue do dentista sem usar anestesia e ainda deixou um restinho para Belchior. Saíram dali à procura de Isaura. Leôncio pensou: "Que vergonha! Preciso de um *personal* vampiro para morder no meu lugar."

CAPÍTULO 40

Finalmente chegou o capítulo em que Isaura conhecerá Álvaro. Desesperada, sem pai, sem amigo e sem dinheiro no bolso, Isaura começa a procurar emprego. Vários empreendedores oferecem emprego para ela, mas todos do ramo do sexo, e Isaura, moça fina e de família, recusa todos. Aparecem também duas oportunidades de trabalho, uma como secretária bilíngue, e outra para trabalhar como auxiliar de laboratório. Isaura não fica em nenhum, mas não porque ela não saiba fazer o serviço, o que acontece é que, quando descobrem que Isaura é escrava, os empresários querem que ela trabalhe de graça. Faminta e sem ter onde dormir, Isaura cai desmaiada numa calçada da rua do Hospício.

Foi nesse momento de desespero, nesse momento em que muito desistem de Deus e entregam a sua vida à imprudência que é o suicídio, o problema do suicidio é que você não pode se arrepender depois, foi nessa hora que os anjos abriram suas asas sobre Isaura. Vendo uma pessoa caída em frente ao seu estabelecimento comercial, a Companhia Alvaralho Distribuidora de Alho, Álvaro correu para socorrê-la. Pegou-a em seus braços e levou-a para dentro da Alvaralho. Isaura começou a se recuperar, tinha um pequeno arranhão na testa, Álvaro trouxe um pano embebido em água e começou a cuidar da jovem. Viu que ela estava com fome e lhe trouxe, também, uma sopa de alho. Ao ver que a moça era bonita e encantadora, Álvaro ao poucos foi se apaixonando.

Com todo o cuidado, ele encostou a cabeça de Isaura no braço do sofá, esticou suas pernas para o outro lado e deixou que a moça dormisse. Pegou o seu alaúde e tocou um sucesso de Clementina de Jesus. Isaura estava sonolenta e ouvia a música ao longe, mexeu a cabeça para o lado e viu a figura de Álvaro tocando o alaúde. Aquela visão era a de um príncipe, o príncipe que ela sempre sonhou encontrar. O príncipe que faria dela uma princesa, que nunca a usaria como uma escrava, que seria o seu companheiro e amigo, que a recolheria em seus braços nos momentos de dor e tristeza. Que tocaria alaúde quando ela estivesse com a testa arranhada. Ao som de Clementina de Jesus, Isaura pegou no sono profundo e sonhou com um mundo onde não houvesse escravidão, nem perseguições. Sonhou com Álvaro que ela nem conhecia, não sabia o nome, mas que já amava. Sonhou com os filhos que teria e na vida sem canaviais para colher. Assim, Isaura dormiu por três longos dias.

Quando acordou, Isaura estava só, pensou que aquele adorável homem que a salvou das ruas e da mendicância não existia, que aquilo era um anjo que veio, fez o seu trabalho e bateu asas para socorrer outra necessitada, quem sabe na China ou no Gabão. Isaura abaixou a cabeça, colocou as mãos no rosto e começou a chorar.

— Não chore, moça. Agora tudo está bem.

Essa era a voz de Álvaro. Ele acabara de entrar pela porta e trazia um prato com risoto de alho. Isaura ergueu a cabeça e um enorme sorriso brotou em seu rosto.

— Coma este risoto que eu mesmo preparei. Fique tranquila, aqui ninguém lhe fará mal.

Com estas palavras, o amor firmou de vez no coração da jovem escrava. Ela comeu o risoto, que estava bom, mas se não estivesse também não tinha importância. Para Leôncio, a fome é sempre o melhor tempero, mas agora aprendemos com Isaura que o amor é sempre o melhor tempero. Ela comeu tudo e, além do coração, agora tinha também o estômago cheio. Álvaro entregou-lhe toalha, sabonete, perfume e um vestido caríssimo novo, que acabara de comprar numa loja próxima. Era de fato caro o vestido, mas isso é coisa sem importância, o amor parcela tudo em suaves prestações que de preferência durem até que a morte os separe. Por dois meses Álvaro cuidou de Isaura. Eles conversavam por horas e horas e o assunto não acabava.

Até que certo dia Álvaro, sem que Isaura tivesse um pai ou alguém a quem pedisse a sua mão, pediu a própria Isaura. Ela abaixou a cabeça, levou as mãos ao rosto e começou a chorar. Disse que era escrava e que não poderia se casar, ela contou todo o sofrimento que passou, as sessões no tronco, as mortes causadas por Leôncio e o abominável assédio sexual sofrido por ela. Álvaro nessa hora teve uma reação semelhante à que John Rambo teve quando descobriu que a missão que os burocratas de Washington tinham lhe confiado era um jogo de cartas marcadas, que aqueles soldados que ele deveria salvar não tinham nenhum valor para a engrenagem que move o sistema. Que a vida pouco vale no Afeganistão. Álvaro entortou a boca como faz Silvester Stallone e disse que Isaura seria livre nem que para isso tivesse que destruir Leôncio.

Álvaro rasgou a sua camisa na mesma hora em que soltou um grito. Sem camisa, Isaura pôde ver os músculos pouco desenvolvidos do seu herói. Mas o que são músculos desenvolvidos se o que move os grandes homens é o coração e a mente?

Isaura acreditou em Álvaro e os dois se beijaram ali no meio das tranças de alho.

CAPÍTULO 41

Belchior conseguiu farejar o paradeiro de Isaura. Como? cheirando todas as carruagens que saíam da rodoviária Novo Rio. Depois de cheirar quatrocentos e setenta e seis carruagens, já com o nariz vermelho e prestes a se tornar alérgico, ele identificou o cheiro de Isaura na carruagem que partia para Recife. Belchior e Leôncio embarcaram rumo à Veneza Brasileira.

Quem inventou essa besteira que Recife é a Veneza brasileira? Eu conheço Veneza e, acredite, é diferente. Será que é porque Recife quando chove alaga tudo? Aí seria o caso de chamarmos Recife de "a Manaus nordestina".

Voltando à história, o vampiro e seu ajudante seguiram viagem, deram uma paradinha no polígono da maconha onde chuparam o sangue de traficantes viciados e ficaram muito doidos. Numa sexta-feira de tarde, chovia muito e Recife estava alagada, parecendo Manaus, quando os dois botaram o pé em frente ao hospital da restauração. Pelos fundos do hospital, Leôncio e Belchior renderam um médico e um enfermeiro, vestiram suas roupas e entraram como clandestinos na unidade de emergência. Foram até a sala onde ficam os instrumentos cirúrgicos e arrombaram o armário. Leôncio se deitou numa maca e Belchior começou a trabalhar em sua boca a fim de tirar o aparelho ortodôntico. Depois, com uma lixa, ele afinou os dentes do vampiro, que ficou satisfeito com o trabalho. Os dois trataram de fugir. Ao passar por um corredor. Leôncio sentiu que alguém o puxava pelo braço. Ele tampou o rosto com a máscara cirúrgica para não ser descoberto.

— Doutor, corra! O paciente está morrendo e o senhor precisa operá-lo agora.

Leôncio e Belchior foram praticamente arrastados para o centro cirúrgico. Quando chegaram lá, o paciente já estava na mesa.

— Que tipo de anestesia o senhor quer que eu faça no paciente?

Leôncio ficou em silêncio pensando como responder a pergunta do anestesista.

— Que tipo? Aplique uma que o faça dormir de forma que ele não acorde para nos aborrecer reclamando de dor.

— Por onde o senhor vai começar o corte? — Perguntou a enfermeira.

— Vamos começar pela perna.

— Mas ele vai operar o estômago. — Advertiu a enfermeira.

— Foi o que eu disse, um pouco acima da perna.

Ao fazer a incisão, Leôncio viu a abundância de sangue que jorrava do doente. Ele e Belchior não tinham nem tomado o café da manhã. Leôncio começou a salivar.

— Doutor, tente estancar esse sangue, o paciente vai morrer. — Disse a desesperada enfermeira.

— E o que importa? Todos nós vamos morrer.

— O senhor é mesmo médico? Diga qual é o número do seu CRM.

— Tá aqui ó!

Leôncio abaixou a máscara e mostrou os dentes de vampiro. O paciente acordou da anestesia e soltou um grito. Com cara de sádico, sem poder se controlar, Leôncio começou a dar golpes com o bisturi, o sangue jorrava longe. Belchior também pegou um bisturi e começou a furar a enfermeira e toda a equipe cirúrgica. O sangue jorrava como se fosse a fonte luminosa da praça da República. Os dois dançavam e cantavam numa coreografia que poderíamos chamar de "Cantando no sangue". Leôncio, ali todo molhado de sangue, parecia um macabro Gene Kelly. Saíram pelos corredores fazendo mais vítimas, dezenas, centenas delas. Os corredores do hospital da Restauração viraram rios de sangue. O vampiro e seu ajudante se sentiam pintos no lixo. Por fim, fugiram sem que a polícia chegasse para cobrar a propina dos dois. Como estava próximo das eleições, lavaram as paredes, e o secretário de saúde abafou o caso. Isso serve de alerta: quantos casos de vampiros atacando as instituições acontecem e a gente não fica sabendo porque é época de eleição. Outra preocupação é se quem está nos operando não é vampiro ou algum tipo que tem fetiche por gente sangrando.

Esse mundo é mesmo muito perigoso.

CAPÍTULO 42

Álvaro cuidou de Isaura. Quando ela já estava restabelecida no total de sua saúde e sua beleza, o encanto do Rambo brasileiro por ela aumentou. Ela também estava entregue ao delírio do amor e seu coração pertencia totalmente a Álvaro. Decidiram que se casariam e viveriam juntos em Recife, cresceriam e se multiplicariam como nos ordenou o bom Deus no versículo vinte e oito do livro Gênesis.

Mas havia um problema: Isaura era escrava e nenhuma igreja casaria um senhor rico, dono da Alvaralho, com uma escrava, por mais branca que ela fosse. Álvaro propôs que vivessem juntos sem as bênçãos do matrimônio, coisa que Isaura aceitou, desde que não houvesse sexo. Álvaro, a contragosto, aceitou, mas tentaria comprá-la e com ela livre poderiam casar-se e furnicar à vontade. Isaura argumentou que a sua compra seria uma empreitada difícil, pois Leôncio era um homem rancoroso e gostaria de vê-la morta do que livre e amando outro. Comprar Isaura de Leôncio seria algo tão impossível como o Vasco comprar o Messi do Barcelona.

— Encontrarei uma solução. Nenhum obstáculo será grande o suficiente para impedir o nosso amor. — Afirmou um Álvaro confiante.

— Que solução é essa, meu amor? — Perguntou Isaura, esperançosa.

— Logo lhe direi. Por enquanto, para que a vizinhança não desconfie, vamos ter que arranjar um nome novo para você. Eu pensei num que gosto muito.

— Qual é? Tenho certeza que também vou gostar.

— Euzelenice. O que você acha?

Álvaro ficou esperando a resposta com um sorrisinho no rosto. Para a infelicidade de Isaura, ele tinha essa queda por nomes estranhos.

— É bom, mas não sei... Podia ser Carla, não? Mas se você quiser Euzelenice tudo bem... Quem sou eu, uma pobre escrava, para questionar?

— Você não gostou de Euzelenice, né? Tudo Bem, a gente pode mudar para Bibiana.

— Que tal Raquel?

— Eufrazinete?

— Renata! Aí você pode me chamar de Renatinha...

Álvaro entortou a boca como Rambo faz e disse palavras ásperas com um pouco de raiva.

— Se você quer se chamar Renata, tudo bem. Mas saiba que Eufrazinete foi tia do meu pai e era uma mulher de muito respeito. Nunca, nenhuma Renata vai chegar aos pés da tia Eufrazinete.

Isaura ouviu tudo pacientemente, o que não quer dizer que ela aceitou. Depois de duas fugas, de ver o pai ser morto por um tubarão e de lutar nas ruas para sobreviver, finalmente ela tinha criado a autoestima necessária para uma vida digna. O que é impossível de se ver em quem é escravo. E Isaura disse não:

— Olha aqui, Álvaro, que tal mudar seu nome para Merdolino? Você ia gostar, Merdolino? O nome é meu, tá entendendo? Eu não quero saber quem foi a porra da tia do viado do seu pai. Eufrazinete é o caralho. Se eu não posso ser Isaura, então eu quero me chamar Carolina Dieckmann.

O Rambo do Recife enfiou o rabinho entre as pernas e aceitou. Assim, viveram por dois meses, Álvaro e Carolina Dieckmann. Ela se engajou no negócio do alho e a empresa prosperou ainda mais. Álvaro sentiu que aquele era o momento de colocar a sua ideia em prática. Juntou os papéis, contratou advogados e entrou com uma ação no Superior Tribunal de Justiça para que o mérito da liberdade de Isaura fosse julgado. O grupo de advogados de Álvaro redigiu a ação da seguinte forma:

> *Isaura, aqui representada pelo codinome de Carolina Dieckmann, brasileira, solteira, sem* CPF, *sem Carteira de Identidade, vem requisitar que, por ser branca, não venha a ser confundida ou considerada escrava, haja visto que ser escravo no Brasil é coisa de negro.*

A ação foi julgada pelo STF e Isaura perdeu por oito a seis votos. Oito ministros não acompanharam o relator, que era a favor da libertação de Isaura, e determinaram a derrota de nossa heroína. É claro que os ministros foram unânimes em admitir que Isaura deveria ser livre já que era bela; mas a justiça tem labirintos e armadilhas que só renomados juízes, técnicos de agigantado saber, podem apontar. O argumento alegado para que não fosse vitoriosa a tese de que branco não pode ser escravo é que isso resultaria numa jurisprudência perigosa para os interesses da economia brasileira. Como identificar, no Brasil, sob estes sol e calor, quem é branco e quem é negro? E o escravo que tem vitilígo? E o escravo albino? E o escravo que economiza um dinheiro e faz clareamento de pele? Uma avalanche de ações trancaria a pauta do judiciário. Pelo bom andamento da engrenagem social, Isaura continuaria a padecer sob o peso de grilhões injustos e perversos.

O STF decidiu, também, que Isaura deveria ser devolvida para o dono legítimo, senhor Leôncio, no prazo de oitenta dias a contar a partir da promulgação daquela decisão no boletim do judiciário. Caso a escrava não fosse entregue, Álvaro, autor da ação, deveria pagar multa diária mais correção monetária.

Álvaro, depois da derrota, não fraquejou e ficou de pensar em outra solução.

CAPÍTULO 43

Não foi preciso que se passassem oitenta dias para que Leôncio tivesse em suas mãos a posse de sua escrava. Leodenilda, vizinha da Alvaralho, era perdidamente apaixonada por Álvaro e seu alaúde. Esse amor nunca foi correspondido e, com a chegada de Isaura, a distância entre a vontade de Leodenilda e a realização de seus desejos tornou-se semelhante à distância entre Teresina-Porto Alegre. E não falo apenas da distância geográfica, não. Leodenilda colocou toda a culpa de seu amor frustrado em Isaura, que ela pensava realmente ser Carolina Dieckmann. Leodenilda vivia a imaginar as maiores atrocidades contra Carolina Dieckmann sem saber que, na verdade, ela era Isaura.

— Vou destruir Carolina Dieckmann, quem ela pensa que é? Infeliz! Fedorenta! Vive fedendo a alho! Nem bonita é, parece uma sopa de cebola! De onde ela veio? Deve ser do inferno. Vou tornar-me amiga dela, descobrir tudo e destruí-la!

Leodenilda chegou a Alvaralho com uma tigela de doce de Taperambá. Isaura estava descarregando um carroça de alho.

— Oi, Carolina Dieckmann. Eu trouxe um docinho para você. Sabia que sou sua fã? Você me dá um autógrafo?

Isaura deu o autógrafo, comeu o doce e ficaram amigas. Não demorou muito para que Isaura, ingênua para as coisas do mundo, abrisse o coração para a nova amiga. Contou tudo: que não se chamava Carolina Dieckmann, que era escrava, que fugiu de Campos e que seu dono, o senhor Leôncio, era um homem estranho.

CAPÍTULO 44

Durante todo esse tempo, Leôncio ficou em Recife à procura de Isaura. Revirou a cidade inteira e nada. A rua onde fica a Alvaralho foi o único lugar onde ele não foi, devido ao mau cheiro, o cheiro do alho que tanto o incomodava. Já estava por desistir, quando leu nos classificados do jornal a seguinte notinha:

> *Se alguém conhecer Leôncio Filho, um homem estranho, proprietário de uma fazenda de cana-de-açúcar em Campos — RJ; por favor, avise a ele que sua escrava Isaura se faz passar por Carolina Dieckmann, aqui em Recife, onde reside e trabalha numa empresa chamada Alvaralho.*

Ao ler tal nota, Leôncio se transformou em morcego e Belchior em urubu; e os dois voaram direto para a Alvaralho. Entraram pela janela que estava aberta, transformaram-se novamente em gente — se é que aqueles dois eram gente — e passaram a procurar por Isaura.

Começaram a se coçar devido ao alho que havia ali. Passaram a porta e viram a escrava branca amassando o produto, que seria envasilhado e, depois, vendido. A crise alérgica aumentava e os dois se coçavam muito. Leôncio estava vermelho e seu rosto começou a encaroçar. Ele não conseguia nem respirar direito. Leodenilda via tudo pela janelinha dos fundos e já sentia pena e o arrependimento por ter entregue a recente amiga já nascia em seu peito. Os vampiros tiveram apenas o tempo de colocar um saco na cabeça de Isaura e fugir dali com ela. O hábito no Brasil e no mundo é roubar o que não lhe pertence, mas Leôncio inovou e roubou o que já lhe pertencia.

Pararam em um beco e Belchior tirou o saco da cabeça de Isaura.

— Belchior, meu tamboretinho de forró, você está aqui.

— Você fugiu e me deixou no altar. Que vergonha eu passei! A sociedade inteira estava lá.

— Chega de conversa fiada! Isaura, a hora é agora.

— Seu Leôncio! O senhor vai me matar? Faça isso, então! Prefiro morrer a me submeter às suas vontades.

— Eu não sei se você já percebeu, mas eu sou um vampiro.

Leôncio mostrou os caninos, transformou-se e se destransformou-se em morcego. Flutuou erguendo-se do chão a mais de cinco metros. Isaura deu um grito de pavor, estava assustadíssima.

— Isso que você viu ainda não é o meu maior poder. Eu posso me transformar em qualquer animal que eu queira.

— Não precisa, chefe. Já está bom, ela já viu o suficiente. — Belchior tentou evitar o vexame.

— Acalme-se Belchior, deixe que o senhor da trevas mostre a esta reles mortal quão poderoso é. Só assim ela irá querer me seguir. Vou me transformar em Zumbar, o maior gorila que já existiu neste mundo.

Leôncio abriu os braços e falou algumas palavras em romeno. Escondeu-se atrás da sua capa e depois de um minuto, mais ou menos, começou a imitar um gorila. Belchior estava constrangido e Isaura, que há pouco era só pavor, passou a achar graça. Em pouco tempo estava às gargalhadas. Leôncio se transformou em gente de novo — pelo menos é isso que ele pensava.

— Pare de rir, mulher! Agora você se tornará escrava das trevas por toda a sua existência. Vou morder o seu pescoço e sugar o seu sangue. Não se preocupe, Belchior, deixarei um pouquinho para você.

Os dois riam as suas risadas do mal enquanto o pavor voltava a atormentar Isaura. Ela se debateu, mas não conseguiu livrar-se de Belchior, que a segurava. Leôncio foi mordê-la, mas depois de um tempo desistiu e começou a sentir um mal-estar. Respirou um pouco, tentou de novo e nada. Tentou mais uma vez, e nada; outra e nada. Belchior tentou depois, mas também não conseguia morder. O pânico fugiu de novo do rosto de Isaura e ela começou a rir.

— Pare de rir, mulher! — Gritou Leôncio.

E logo em seguida pensou: "Era só o que me faltava: eu sou o primeiro vampiro do mundo que brocha."

Leôncio, tentando recuperar a autoestima, colocou a culpa em Isaura:

— A culpa é sua, que está fedendo a alho! Aí não tem clima que aguente. Vou levá-la para Campos e quando passar esse fedor, você sentirá a dureza dos meus dentes.

CAPÍTULO 45

Leodenilda amanheceu no tronco. Ela não era escrava, mas sua atitude machucou demais o apaixonado Álvaro. Enquanto batia nela, ele falava aos prantos:

— Você dedurou a minha amada. Você colocou um anúncio no jornal e agora ela fugiu. O que você tem contra Carolina Dieckmann, diga?

— Eu sei que Isaura não é Carolina Dieckmann. Quer mesmo saber por que fiz isso? Por amor! Eu te amo, Álvaro! Mas sei que tu amas Isaura.

— Você nunca falou que me amava, por quê?

— Agora é tarde para o nosso amor. Vá atrás de Isaura. Ela não fugiu, foi sequestrada por esse tal de Leôncio. Tome cuidado, ele se transforma em morcego, eu mesma vi com esses olhos que a terra há de comer.

— E você, Leodenilda, como ficará?

— Ficarei bem. Não se preocupe comigo. Saiba apenas, Álvaro, que me arrependo de tudo que fiz e, se tiver algo que eu possa fazer para livrar Isaura de mais sofrimentos, eu farei.

O bondoso Álvaro deu mais uma chibatada em Leodenilda e foi preparar as suas malas. Em breve John "Álvaro" Rambo chegará a Campos para o confronto final.

Eu não sei por que comecei com essa bobagem de comparar Álvaro com o Rambo. Agora deixa, já estamos na reta final do livro e não vale a pena mudar.

CAPÍTULO 46

Leôncio chegou a Campos puxando Isaura por uma corda amarrada no pescoço. Foi recebido com muito carinho por uma multidão que se aglomerava nas calçadas para ver a cruel cena. Aquele desfile macabro se assemelhava aos desfiles que se faziam em Roma antiga; os triunfos, onde o governante trazia um inimigo amarrado para ser humilhado, sacrificado e oferecido ao deleite do povo. Leôncio, naquele momento, era um "César". Parecia que ele tinha ganhado a Copa do Mundo. Estava ficando cada vez mais popular. Os seus projetos no senado, como o "Rapadura para o povo" e o "Minha senzala, minha vida", fizeram de Leôncio um dos nomes preferidos para assumir a presidência da república no novo regime que estava por vir. Empolgado com tudo aquilo, ele discursou para o povo:

— Olha aí, minha gente, a escrava fujona. Estou assim, desfigurado, magro e sem me alimentar, porque fui atrás de um direito que não é só meu, é de todos nós. A luta pelos direitos do povo levou um pouco de minhas forças, mas o encontro com vocês me dá sangue novo. Vocês sabem que, se você cria um porco e o porco foge, o que você faz? Pega o porco de volta, foi o que eu fiz. E quando você descobre que roubaram o seu porco? Aí, meu amigo, você protege o que é seu na bala. Um tal de Álvaro resolveu roubar Isaura de mim; Isaura que eu tinha prometido a meu amigo xexelento aqui, o Belchior, como esposa. Se esse Álvaro aparecer aqui, vocês já sabem, é fogo nele.

O povo aplaudiu. Os três subiram na carroça do corpo de bombeiros e desfilaram pela cidade.

Na fazenda, Isaura reencontrou Vó Ziquinha. Foi um momento de felicidade naquele oceano de tristezas. A velha escrava ficou encarregada de alimentar Isaura e lhe dar banho com sabão cheiroso, quatro vezes ao dia, para tirar o odor de alho. A dieta de Isaura incluía suco de beterraba e mel, tudo mais para afinar o sangue; exigência de Leôncio. Ele continuava impotente, sem poder mordê-la, mas já conseguia lamber. Isaura percebia que era questão de tempo: logo o vampiro estaria recuperado na força de seu dentes.

CAPÍTULO 47

Leôncio entrou na senzala levitando. Isso assustou todos os escravos. Depois que entrou para a política, Ele encontrou uma utilidade para os seus poderes de vampiro. Antes, levitar só servia para pegar algum objeto na parte alta da estante. Como senador, a levitação tomou um novo e poderoso sentido: ele podia impressionar as massas. O vampiro olhou para Isaura com olhos de cobiça e ódio, depois dirigiu-se aos escravos:

— Todos sabem que tive um problema dentário. Estou me recuperando, mordendo um galinha aqui, um marreco acolá e assim vou indo. Outro dia mordi uma cabra e não senti nada. Daqui a pouco, vou poder morder gente; e aí, Isaura, você não me escapará e nenhum de vocês também! Esse dia está chegando, será no próximo sábado. Farei aqui uma grande festa para inaugurar a minha fábrica de sangue.

Leôncio abriu os braços, falou umas palavras em romeno e a enorme parede lateral da senzala se abriu com se fosse uma porta de ferro. Todos ficaram impressionados com o laboratório equipado com mais de mil máquinas de extração de sangue. Ao fundo, gigantescos tonéis de aço inox para armazenamento. Tubos e canos passavam por todos os lugares. Em outra parte, uma enorme máquina estava pronta para envazar todo aquele sangue em garrafas PET. Era tudo muito moderno e macabro.

— Isaura, você nunca se esquecerá desse sábado. Será o pior dia da sua vida. Morderei o seu pescoço, inaugurarei a fábrica e entregarei você, ou o que restar de você, a Deodoro da Fonseca.

— O quê? Quem é Deodoro da Fonseca?

— O homem que trará a república para o Brasil. Chega de monarquia, chega de D. Pedro II, aquele velho gagá de barba asquerosa. Precisamos respirar novos ares! O Brasil não pode ser vagão, tem que ser locomotiva.

Leôncio se empolgou e começou a discursar, a política tinha entrado em suas veias. Talvez isso tenha acontecido quando ele chupou o sangue da cúpula do Partido Liberal. Leôncio ingeriu o Partido Liberal e foi ingerido por suas ideias; mais do que pelas ideias: foi consumido pela prática partidária. E ele continuou, para sua plateia de escravos:

— O Brasil não pode ser vagão, tem que ser locomotiva. Essa é a ideia que tenho para o meu Brasil brasileiro, terra do mulato inzoneiro. E vocês, mulatos inzoneiros, serão o sangue que queimará no carburador do Estado. Vocês se sentarão nessas máquinas coletoras e darão o combustível que moverá a máquina estatal. Sem vocês, não sou nada.

— Endoidou? A gente é escravo, nem votá vota, seu chupa-sangue dos inferno. — Vó Ziquinha interveio.

— Não votam agora, mas votarão. Eu entrei com um projeto no senado instituindo o voto escravo. Viva o voto do escravo!

— Viva! — Gritaram os escravos mais entusiamados.

Um escravo iludido com a humanidade disse:

— Agora a vida vai melhorar. Pelo que eu entendi, nós vamos continuar escravos, mas vamos poder escolher os nossos representantes que fiscalizarão as ações do governo e lutarão pelos nossos direitos.

— Quem sabe, com o tempo, a gente compra uma casinha, tem escola para as crianças e saúde para toda a família, que ninguém é de ferro. Seu Leôncio é gente que faz! — Falou outro escravo iludido com o futuro, como se fosse um ator de propaganda eleitoral.

O amigo leitor que ainda não desistiu da leitura desse livro deve agora estar preocupado com a saúde do autor. Deve estar pensando que sou louco. Leôncio é o vilão, como ele pode defender o voto do escravo? Caro leitor, é exatamente por isso que Leôncio defende o voto do escravo. Sua índole perversa é que o fez ter essa ideia. O pensamento de Leôncio é lógico e faz sentido: ele é dono de centenas de escravos, logo é dono das centenas de votos dos seus escravos. Aquele que por acaso se rebelar e votar contra, sofre as perseguições, tem o título de eleitor caçado e a cabeça decepada. Leôncio, com o voto do escravo, queria aumentar o tamanho do seu curral, mas não era para colocar vacas, e sim eleitores. Criar eleitores é muito mais lucrativo que criar vacas, as tetas são generosas e o leite é muito mais nutritivo.

Foi seguindo o exemplo de Leôncio que Joaquim Roriz, Antônio Carlos Magalhães, José Sarney e a esquerda brasileira apoiaram a ideia de inserir na Constituição de 1988 o direito ao voto para o analfabeto. Depois disso, nenhum deles perdeu eleição por aqui.

— Seu Leôncio, o senhor está falando um monte de coisas aí, e quanto a mim? O que esse Deodoro da Fonseca quer comigo?

— Eu troquei você pela vaga de presidente do Brasil. Quando a república se instalar aqui, Deodoro não será mais o presidente, será o meu ministro da Guerra.

— Traidor!

Leôncio ouviu esse grito e se virou para ver quem o desafiava. Os escravos fizeram silêncio. Belchior entrou na senzala:

— Traidor!

— Belchior, como ousa xingar aquele que lhe deu uma nova vida? Eu sou um novo pai para você, eu lhe tirei do meio dos vermes que habitavam o adubo de suas plantas fétidas e lhe transformei em um vampiro.

— Isaura é minha! Você me deu como noiva! Eu não vou deixar que Deodoro fique com ela. Você, Leôncio, é um covarde, egoísta. Será que não lhe resta um pingo de remorso?

Belchior, com os olhos vermelhos de ódio, voou pelo vão da senzala e agarrou Leôncio pelo pescoço, que se soltou de Belchior e o atirou contra a parede. Belchior, meio grogue, pegou uma foice e partiu para fatiar o vampiro, mas não conseguia acertar nenhum golpe. Leôncio era muito mais poderoso. Depois de brincar com o anão, Leôncio tomou a foice e, em um único golpe, o partiu ao meio. As duas bandas de Belchior caíram no meio da senzala. Com um gesto simples e algumas palavras ditas em romeno, o vampiro de Campos fez nascer umas labaredas de fogo em Belchior, que foi consumido pelas chamas.

Depois do que viram ali, nenhum escravo teria coragem de votar contra Leôncio. Eleição tem desses problemas.

CAPÍTULO 48

Isaura ficou pensando na vida, de como sofreu até agora em sua breve existência e do sofrimento que ainda lhe restaria. Pensou que algumas pessoas já teriam dado cabo à própria vida. Ela não faria isso, preferiria pagar uma multa a ter que se suicidar. Pensou em Álvaro, onde ele estaria? Será que ele já tinha se esquecido dela? Será que ele encontrou outra pessoa que soubesse descascar alho melhor que ela? Tudo isso a fez pensar que era a pessoa mais infeliz do mundo. Ela abaixou o rosto e chorou de terça até a quinta-feira de manhã.

Só parou de chorar porque Vó Ziquinha lhe deu ânimo, forças e esperança. Vó Ziquinha a fez crer na força dos orixás. Oxóssi e Iemanjá não deixariam que um vampiro vencesse, não deixariam que o Exu preto chupasse o sangue da nação brasileira. Era preciso dar um basta a tudo aquilo. Leôncio deveria ser mandado de volta para o inferno ou para Dusseldorf, onde já estão acostumados com vampiros. Vó Ziquinha preparou a cachaça, a galinha preta, fez as oferendas e convocou as forças do axé para expulsar o vampirismo dessas abençoadas terras. Pastor Noca, outro escravo da fazenda, homem que vivia sob a proteção do evangelho, pessoa que abominava o candomblé, viu Vó Ziquinha dançando e batucando em volta da galinha preta, mas dessa vez não a recriminou. Ele reuniu os escravos evangélicos que havia na senzala e fez a sua pregação. Disse que vampiro é o satanás disfarçado para chupar o sangue do cordeiro e espalhar o divórcio e o homossexualismo. Deu glória três vezes e convocou a ungida reunião dos trezentos pastores escravos para unir forças na corrente da salvação contra os dentes do vampirismo. Outros escravos que eram espíritas oraram para que Allan Kardec guiasse os espíritos de luz na luta contra Leôncio. Havia também outros escravos que não acreditavam em força oculta alguma, mas acreditavam na polícia e ligaram para o 190. Quem chegaria primeiro: Oxóssi, Allan Kardec ou a polícia? Nem Padre Cícero poderia responder.

CAPÍTULO 49

O sábado chegou e com ele foram chegando os convidados para a festa de inauguração da fábrica de sangue. Leôncio convidou toda a sociedade da corte, todas as autoridades, todos os intelectuais, libertários, poetas e escritores; todo mundo que fosse livre e sonhasse com um mundo livre. A sua ideia era chupar o sangue de Isaura, e depois o sangue de todos que estivessem ali através de suas máquinas sugadoras. Depois, ele sugaria o sangue de todos os escravos, de todos os brasileiros, de todos os nossos vizinhos — os paraguaios, uruguaios e argentinos. Então, partiria para os americanos do norte e do centro, para a Europa e, por fim, para a Ásia. Ele sugaria tudo, até que não houvesse mais ninguém com uma gota sequer nas veias.

A festa foi marcada para a noite, pois durante o dia Leôncio ficava sem paciência e só queria saber de dormir. Quando o relógio marcou oito horas, já não havia sol e a lua minguante, acanhada, deixava tudo escuro. Leôncio surgiu iluminado por tochas, olhou para Isaura que estava amarrada no tronco de costas para ele, e anunciou que tinha um convidado. Uma bola de fogo do tamanho de um pé de jaca formou-se no pátio. De dentro dela saiu o Conde Drácula. Era a segunda vez que ele visitava o Brasil. Drácula adorava o nosso país, era fã de caipirinha, bebida que conheceu na primeira ocasião em que esteve aqui, quando veio para as bodas de D. Pedro I com a Imperatriz Leopoldina. Nesta breve visita, aproveitou para chupar o pescoço da Marquesa de Santos, na companhia sempre agradável de D. Pedro. Drácula cumprimentou Leôncio com uma delicada lambida no cangote e se sentou ao seu lado, em cima de um escravo que fazia as vezes de cadeira. Leôncio discursou:

— Hoje é o dia que marca o começo de uma nova era. Uma era noturna, uma era de amor, amor à minha pessoa. Todos aqui devem me amar e doar para mim o que eu quero. Sempre quis muitas coisas, ganhei todas. Sou assim, quero e pego. Agora, por exemplo, eu quero Isaura e o seu rebelde pescoço.

O vampiro voou até Isaura, rasgou o seu vestido, deixando o pescoço à mostra.

— Os outros que eu mordo são sempre por fome ou maldade mesmo. Mas você, Isaura, eu mordo por amor. Depois que eu terminar, você vai morrer e todos vão me acusar sabe de qual crime? Mordida passional.

Leôncio riu sozinho da própria piada. Sem perder tempo, cravou os dentes no virginal pescoço. O sangue escorreu. A pobre moça soltou um grito e, depois de ter o seu sangue consumido, desfaleceu. Era o fim. O vampiro, com a boca vermelha, ria a sua risada demoníaca e se vangloriava:

— Eu disse que Isaura seria minha, eu disse! Deus quis que eu fosse rico, e nasci senhor de engenho. O povo quis que eu tivesse o poder político, e me fez senador. O diabo quis que eu o representasse aqui, e cá estou eu: um vampiro.

Nessa hora, Drácula também deu um sorrisinho, de orgulho.

Ninguém, nem nada, poderá cruzar o meu caminho ou atrapalhar os meus planos, que são muitos.

— Eu posso, demônio! Vou lhe mandar para o lugar de onde não deveria ter saído nunca! — Esse que acabou de desafiar Leôncio foi o bravo Álvaro, ainda com a mala de viagem na mão. Ele acabara de chegar de Recife.

— Quem se atreve a me desfiar? Quem é você, fedorento?

— Sou Álvaro, o grande amor da vida de Isaura. E você nunca, NUNCA, encostará os seus dentes imundos e cheios de vermes na minha doce amada.

— Chegou tarde. Isaura já era! Veja.

Álvaro viu o corpo inerte no tronco e soltou um grito de desespero. Ele chegou atrasado e nada pôde fazer para salvar quem tanto amava. Álvaro chorou em vinte segundos o que choraria em dois meses; foram mais de oitocentos milímetros de lágrimas. Ele se ergueu, entortou a boca como vocês sabem quem e disse:

— Prepare-se para visitar o seu pai, o capeta, na sua casa, o inferno.

Álvaro pegou a sua mala e partiu para cima do vampiro. Drácula assistia a tudo numa passividade de aposentado. Quando chegou perto de Leôncio, Álvaro abriu a mala e despejou um monte de alho em cima do vampiro, que começou a se debater pelo chão. Drácula correu para socorrer o afilhado e foi surpreendido com uma chicotada dada com uma trança de alho bem no meio dos chifres. Golpeado, começou também a rolar pelo chão. Ficaram os dois ali, como se estivessem morrendo. Álvaro correu até Isaura, abraçou o corpo da morta e, aos prantos, perguntou por que ela tinha morrido, por que ele não chegou a tempo.

— Eu estou aqui, estou bem.

— Álvaro, o Rambo brasileiro, olhou para trás e viu Isaura, linda e saudável, num vestido branco. Ele se assustou e deu um chilique nervoso semelhante àquele susto que Leôncio levou na choupana velha quando pensou que Isaura estava morta e a viu vivinha da silva ao seu lado.

— Sou eu, Álvaro. Não se apavore, estou viva.

— Mas quem é essa aqui?

Álvaro tirou a moça do tronco e viu que era Leodenilda. Ela trocara de lugar com Isaura e foi a maneira que arranjou de pagar pelo ato impensado de ter dedurado a amiga. Quando Leodenilda se ofereceu, Isaura não quis aceitar, Vó Ziquinha é que foi decisiva:

— Suncê aceita, boba. Leôncio vai matar quem tiver naquele tronco e se for suncê, é suncê que vai morrer e ela vai ficar com seu Árvro. Deixa sê ela que vai morrê no seu lugá, besta.

Diante dessa sensata argumentação, Isaura aceitou que Leodenilda fosse o seu avatar. Tinham o corpo mais ou menos parecido, só que Leodenilda era muito mais bonita que Isaura. Isso é uma coisa que muita gente não entende. Leodenilda era mais bela que Isaura, era de uma família rica, evidentemente não era escrava, não tinha nenhum vampiro à sua procura e gostava muito de Álvaro. Por que diabos ele não ficou com ela? Coisas do amor? Creio que não. Lembrem-se que o título deste livro é *A Escrava Isaura e o Vampiro* e não *A Ricaça Leodenilda e o Melhor Solteiro da Cidade*, então, foco em Isaura.

Álvaro, ao perceber que Leodenilda não era Isaura, ficou feliz com isso e deixou o corpo ali para que os urubus fizessem a sua refeição, correndo para os braços da amada. Beijaram-se como se aquele fosse o final de um filme de amor, mas não era o final.

Leôncio veio por trás e acertou um golpe nas costas de Álvaro, atirando-o em direção a Drácula, que o acertou com um soco no rosto. Os dois vampiros, disformes por causa do ataque de alho, eram ainda mais assustadores. Ninguém podia fazer nada para acudir Álvaro, estavam todos paralisados pelo medo. Isaura estava novamente indefesa e os vampiros se aproximavam novamente para finalmente mordê-la. Drácula segurou os braços da frágil Isaura, que não tinha um sopro de força que fosse para resistir. Leôncio aproximou os dentes maléficos do seu pescoço.

Isaura sentiu a ponta fina do dente tocar em sua pele.

CAPÍTULO 50

Que sorte de Isaura! Deodoro da Fonseca chegou acompanhado dos Voluntários da Pátria bem na hora da mordida! Voluntários da Pátria eram os escravos que lutavam no exército defendendo o Brasil na Guerra do Paraguai.

— Largue Isaura, imundo. Lembre-se que você a trocou comigo pelo cargo de presidente.

Fazer trato com vampiro não é uma boa ideia, eles não respeitam o que prometem e se você diz que vai aos tribunais, eles querem logo te morder. Drácula soltou um raio pelas mãos, que cortou as quatro pernas do cavalo de Deodoro da Fonseca bem acima do jarrete. Os oitocentos Voluntários da Pátria entraram em combate contra Leôncio e Drácula. Isaura conseguiu correr e socorrer Álvaro que sangrava. Ela e Vó Ziquinha fizeram um unguento e colocaram nas feridas dele.

A batalha entre o batalhão de Deodoro do Fonseca e os vampiros durou dois dias. No final, Deodoro e os Voluntários estavam mortos. Esse negócio de ser voluntário não é bom negócio nem em *show* de mágica, quanto mais em guerra. Durante os dois dias de batalha, os convidados da inauguração não saíram dali, ficaram como que hipnotizados. Os vampiros e o exército lutavam e os convidados dançavam e comiam.

Depois de tudo, Drácula e Leôncio levaram os convidados para a fábrica de sangue e os conectaram às máquinas de extração de sangue. Aos poucos, as mangueiras começaram a encher-se do líquido vermelho.

CAPÍTULO 51

Álvaro ainda estava se recuperando, mas queria sair de qualquer jeito e enfrentar Leôncio. Vó Ziquinha o impediu, mas ele insistiu. A velha disse que não e ele disse que ia. Vó Ziquinha falou:

— Então vai, besta!

Ele pensou bem e resolveu que era melhor não ir.

— Vamos agir com inteligência.

Essa foi a opnião de Álvaro. O medo também dá lá os seus palpites.

— Eu sei o que fazê.

Vó Ziquinha pegou uma ema preta e um tonel de cachaça. A macumba que iria fazer seria das grandes. Ela cortou a cabeça da ema com uma foice e falou algumas palavras em romeno. Nessa momento o céu se abriu e os orixás desceram da África.

Ogum, Oxalá, Oxumaré, Iansã, Iemanjá, Oxóssi e Grande Otelo se fizeram em pessoa e saíram à caça dos vampiros.

Drácula e Leôncio monitoravam a produção de sangue. As garrafas PET se enchiam com o líquido vermelho. Leôncio estava na frente de um dos tonéis de sangue, quando uma bola de fogo fez o recipiente se partir e o sangue cobriu Leôncio. Era Oxóssi que atacara de surpresa. Drácula não teve tempo de se proteger e foi alvejado por um banho de cheiro desferido por Iemanjá. Ogum fez cair uma chuva de acarajés sobre Leôncio, todos com tanta pimenta que a hemorroida dele começou a sangrar. Oxumaré prometeu que, se os dois vampiros fossem embora, ele traria a pessoa amada em três dias. Depois de cinco horas de lutas mortais, com a batalha praticamente ganha, na qual os vampiros não conseguiam se defender dos golpes de capoeira, os orixás pediram uma trégua para tomar um cachacinha e fumar um cachimbo.

Foi um dos piores erros da história do Candomblé. Se não fosse essa trégua, nós seríamos hoje devotos dos orixás e não haveria espaço para outras religiões. Eles não deveriam ter confiado em vampiros. Não se confia em vampiros, não se deve avalizar nada a um vampiro. Se um vampiro lhe aparecer na frente de uma agência bancária, depois que você sacou o salário do mês e disser que tem um bilhete da loto premiado querendo vender para você, não compre. Vampiros não vendem bilhetes premiados pela metade do preço. Os orixás estavam aproveitando a trégua, cantando sucessos do Chiclete com Banana — orixás são chicleteiros — certos de que teriam vinte minutos de pausa na batalha, quando foram atacados covardemente pelas forças obscuras da noite. Não tiveram como se defender e saíram correndo para a floresta amazônica. Depois disso, só foram vistos no *réveillon* de Copacabana.

CAPÍTULO 52

Álvaro queria porque queria sair do esconderijo onde estavam e atacar os vampiros. Isaura achou prudente que ele não fosse, tiveram que segurá-lo, tal era o seu ímpeto. Ele disse que iria de qualquer jeito e Isaura perdeu a paciência:

— Então vai!

— Eu vou, mas semana que vem. Vamos usar a inteligência.

Nesse momento, todos ouviram uma música que vinha do pátio da fazenda. Isaura, Vó Ziquinha e Álvaro se esconderam num lugar seguro e viram uma cena incrível: todas as pessoas que Leôncio havia matado estavam ali. Malvina, o bispo, os integrantes do PL, Leodenilda, Belchior, Deodoro da Fonseca... Todos. Eram zumbis.

Sim, caros leitores, zumbis que movidos pelo sentimento de vingança vieram das profudezas de suas covas para comer a carne de vampiros, saciar o espírito e finalmente descançar em paz. Os zumbis, com olhos mortos que olham para o ontem, começaram uma coreografia. Tobias vinha à frente e cantava "Thrilher", de Michael Jackson, em português:

É quase meia-noite
e algo mau está esperando na escuridão
Sob a luz da lua
você vê algo que quase para o seu coração
você tenta gritar...

A coreografia se estendeu pela música inteira, inclusive com alguém narrando algo como se fosse o Vincent Price. No começo estava legal, mas com o desenrolar da coisa foi ficando chato. Quando finalmente acabou aquele pesadelo coreográfico com zumbis, Leôncio e Drácula, quase estavam mortos... De tanto rir. Mole no chão de tanto gargalhar, Leôncio não percebeu que o zumbi de Malvina mordia sua perna. Ele arrancou a cabeça da zumbi Malvina e jogou longe, mas o corpo dela continuou andando sem cabeça. Zumbi é um tipo de criatura que não sabe quase nada, ele não distingue quem é vampiro ou pessoa comum, publicitário ou funcionário público. Zumbi só quer saber de comer gente e encostar nas pessoas com aquela pele apodrecida. Nunca convide um zumbi para um jantar de gala, será um desastre. Ele vai esquecer a mão dentro da tijela da sopa e engolir o cérebro do garçom.

O foco de ataque dos zumbis era Leôncio, era ele que eles viam como inimigo, mas como zumbis não têm muito critério, começaram a atacar todo mundo. Um deles pisou na capa de Drácula, coisa que o deixou furioso. Não havia como matá-los, eles já estavam mortos. Drácula, querendo tirar o seu da reta, libertou as pessoas das máquinas de coletar sangue e recrutou todos para lutar contra os zumbis. Não adiantou, eles estavam tão fracos que pareciam zumbis também. Leôncio ficou muito puto quando o zumbi de Tobias descobriu os tonéis de sangue e começou a beber toda a produção. O jeito foi fazer uma grande fogueira e jogar todos os zumbis e seus pedaços lá.

Vó Ziquinha, com a ajuda de pastor Noca e os trezentos pastores escravizados, juntaram a lenha e atearam fogo. O jogo virou, os vivos, juntos com Leôncio e Drácula, uniram-se contra o inimigo comum. Cortavam os zumbis na base da foice e jogavam os pedaços na fogueira. Álvaro estava recuperado da surra que levou de Leôncio e foi um dos que mais matou ou destruiu zumbis. Depois de dez dias de lutas e buscas intensas, os zumbis não existiam mais. Havia apenas o cheiro de churrasco que tomava conta de tudo e ia até a Baía da Guanabara.

CAPÍTULO 53

Quem viu e acompanhou aquela batalha contra os zumbis pensou que a paz estaria selada entre Isaura, Álvaro, Vó Ziquinha e os vampiros Leôncio e Conde Drácula. Mas não confie em vampiros nem nas pessoas que vendem assinaturas de revistas nos aeroportos; você vai se aborrecer. Foi Leôncio se ver livre dos zumbis para começar a sonegar impostos, perseguir Isaura, prender a elite brasileira nas suas pérfidas máquinas de extrair sangue e fazer todo tipo de maldade com os escravos.

O dia amanheceu, Isaura deu graças a Deus que era de dia, pois assim eles poderiam tomar banho, fazer as refeições, ouvir o alaúde de Álvaro e dormir sem o perigo de um ataque de vampiros. Tinham almoçado uma deliciosa salada — ninguém queria saber de carne que logo se lembravam do churrasco de zumbis — quando Vó Ziquinha disse que não sabia mais o que fazer.

Ninguém poderia vencer um vampiro numa luta, os orixás foram derrotados, os santos católicos nem apareceram para a briga, deviam estar lutando em outro lugar do mundo contra uma força mais poderosa ou ajudando alguém mais necessitado. Nada poderia vencer um vampiro, nada.

Isaura deitou-se no colo de Álvaro e disse que gostaria de ter morrido com seu pai, de ter sido comida pelos tubarões, seria mais natural e menos humilhante que se sujeitar a uma mordida de um velho vampiro babão. Álvaro ficou com ciúmes do tubarão, mas não disse nada. Isaura dormiu chorando e Vó Ziquinha também. Álvaro ficou acordado pensando em uma forma de vencer os vampiros. Relembrou tudo o que aconteceu e da briga entre Leôncio e Belchior.

Então, uma coisa chamou a atenção de Álvaro: Belchior chamou Leôncio de egoísta e perguntou se ele não tinha remorsos. Estava claro que existe um código de honra entre vampiros e, mais que isso, cada vampiro é diferente do outro. A personalidade de um vampiro não depende só do fator vampirizante, depende do que o sujeito era antes de ser vampiro. Na verdade, o vampirismo é só um potencializador das características intrínsecas do sujeito que será vampirizado. Dê poder a alguém ou o torne vampiro e você saberá quem ele realmente é. Álvaro percebeu que o vampirismo é semelhante ao alcoolismo. Quem é um pouco chato, fica bêbado e se torna um insuportável. Quem é nervoso bebe e fica brabo. Quem está no armário bebe e solta a franga.

Álvaro resolveu se tornar vampiro. Continuaria ético e poderia enfrentar Leôncio e Drácula de igual para igual.

CAPÍTULO 54

Álvaro deixou Isaura e Vó Ziquinha dormindo no esconderijo da senzala e entrou na casa-grande, um lugar perigoso. Ele precisava do sangue contaminado de drácula ou Leôncio para tornar-se vampiro. O lugar estava escuro, o que era péssimo, pois se algum deles acordasse poderia facilmente locomover-se naquela escuridão. Um rato passou entre os pés de Álvaro, que se assustou, sem fazer barulho; um ruído poderia acordá-los. Ele seguiu pelo corredor que dava no quarto de Leôncio; faltava apenas vinte metros para que ele entrasse ali e extraísse um pouco do sangue que lhe daria a chance de salvar a vida de Isaura. É claro que depois ele teria que sumir e viver a sua vampirice sem incomodar ninguém. Pensou em se mudar para o Haiti, onde todo mundo é vudu e ninguém se importa com a sobrenaturalidade dos outros. Ou ele iria para a Ilha de Galápagos, onde os bichos são estranhos e, portanto, indiferentes a estranhezas de todo tipo. Iria para o norte da Tailândia, onde as mulheres têm o pescoço esticado, mas envolto em argolas que dificultam a mordida.

Álvaro queria ser um vampiro do bem, o que até está na moda. Ele já tinha avançado uns dez metros do corredor quando sentiu uma respiração quente às suas costas. O seu sangue gelou. Pensou que fosse Leôncio. Era o seu fim! Lutaria, mas seria inútil. Ouviu um rangido: era Ahmadinejad, o pit bull raivoso que vigiava o sono do vampiro. Álvaro ficou feliz, é melhor enfrentar um pit bull que um vampiro. A filosofia alvariana tem um aforismo que explica bem o porquê da felicidade de Álvaro. "Pra quem tá se afogando, jacaré é tronco." Para quem esperava um vampiro, pit bull é poodle. Com a confiaça em alta — o que já era meio caminho andado —, foi fácil para Álvaro enfrentar o pit bull.

Aliás, literatura também é informação útil, para o dia a dia, não é só sonhos de uma noite de verão. Cara leitora, se algum dia, Deus queira que esse dia nunca chegue, você precisar matar um pit bull com as mãos, faça com o Álvaro fez: comece a miar rouco para que o pit bull pense que você é um gato velho, ou seja, uma presa fácil. Achando que você é um gato velho, o pit bull vai lutar de forma despreocupada, achando que o jogo está ganho. O pit bull irá subestimar você. Comece a lamber a sua perna traseira como fazem os gatos. Nesse momento, dê um espirro no cão, isso será suficiente para que ele avance querendo mordê-lo. Na hora exata em que o pit bull abrir a boca, coloque a sua mão dentro da boca dele e aperte a língua do bicho. Com o dedo anelar, faça cócegas na glote do bicho. Essa raça de cão sente espasmos pelo corpo e fica inerte quando tem a glote acariciada. Por fim, quando ele estiver inerte, desloque o pescoço do cão até quebrá-lo. É assim que se faz.

Álvaro fez isso e matou Ahmadinejad e, agora sim, sentia-se um Rambo. Entrou no quarto do vampiro, onde havia um silêncio desses que dá até para ouvir respiração de mosquito. No centro do quarto estava o caixão de Leôncio. Parecia que Álvaro havia feito o seu coração parar de bater e o sangue, de circular pelo seu corpo. Também não se ouvia o ar entrando nos pulmões. Ele levantou a tampa do caixão e viu os dois vampiros dormindo abraçados, de conchinha. Com uma seringa, retirou um pouco do sangue de Drácula e um pouco do sangue de Leôncio. Guardou a seringa e começou a se afastar. O melhor que poderia acontecer agora seria ele sair desse quarto em silêncio e ganhar o pátio da fazenda onde o sol brilha forte e nenhum vampiro ousaria chegar. Mas, no mundo da ficção, as coisas não são como gostaríamos que fossem e tem sempre algo que complica a vida do herói.

Nada é fácil ao contrário da vida em que, às vezes, tudo é fácil. Tem gente que vive às custas do pai ou da mãe, ou de uma aposentadoria vitalícia e leva a vida como o vento leva o grão de poeira; assim devagar e sem preocupações. Na ficção, sair de uma sala onde estão dois vampiros dormindo sem acordá-los é uma situação que convida para o suspense e o drama; parece que a qualquer momento haverá um esbarrão em algo que colocará a vida do herói em perigo. E foi o que aconteceu! Ao sair do quarto, Álvaro esbarrou num Papai Noel de tamanho natural, desses de *shopping* que dançam e cantam quando a gente esbarra neles. O Papai Noel começou a rebolar e cantar.

Jingle bells, jingle bells, jingle all the way
oh, what fun it is to ride
in a one horse open sleigh.
Oh! Jingle bells, jingle bells, jingle all the way...

Não deu outra: Leôncio e Drácula acordaram. Partiram para cima de Álvaro, que correu e se atirou na janela de madeira maciça. A janaela estava trancada. O coitado se esborrachou e caiu no chão com, no mínimo, cinco costelas quebradas. Ele tentou levantar-se, mas lhe faltava ar nos pulmões. Era o fim da linha, não havia a menor chance de escapar dos vampiros que agora estavam parados com Álvaro caído aos seus pés.

Algo interessante aconteceu nesse momento, uns dirão que foi o acaso; outros, que foi um interferência divina para que o mal não vença. Seja o que for, a verdade é que a pancada que Álvaro deu na janela em sua tentativa louca de fugir soltou alguns pregos, e a janela não suportou o peso da madeira. Como se estivesse em câmara lenta, a janela se soltou e caiu abrindo espaço para o sol que veio direto ao encontro dos vampiros, queimando suas peles, como se fosse papel. Correram para o caixão e lá se trancaram. Álvaro se ergueu, beijou a janela como gesto de agradecimento, injetou o sangue nas próprias veias e foi para a senzala, onde encontrou Isaura e Vó Ziquinha ainda dormindo. Ele, cansado, também dormiu.

CAPÍTULO 55

Álvaro amanheceu lambendo uma feridinha que Isaura tinha no braço.

— O que é isso Álvaro?

— Nada. Que horas são?

Álvaro limpou o canto da boca. Isaura achou estranho, mas não quis prosseguir com o assunto, eles já tinham problemas demais.

— Olá, rapaz! Você nos visitou, e agora viemos lhe visitar.

Leôncio e Drácula haviam descoberto o escoderijo de Álvaro e Isaura. Vó Ziquinha quis intervir, mas Drácula lhe deu um pontapé no queixo e a velhinha foi parar longe. Leôncio enfiou a mão no peito de Álvaro com a intenção de perfurar-lhe a pele e arrancar-lhe o coração. A mão não atravessou as costelas. Por mais que tentasse, o vampiro não conseguia romper. Ele começou a desconfiar que havia algo de errado. Drácula ergueu um banco de madeira, que devia pesar uns cento e oitenta quilos, e arremessou contra Álvaro. Isaura e Vó Ziquinha não acreditaram quando Álvaro segurou a mesa com os dentes e começou a levitar. Drácula sorriu.

— Entendi o que você foi fazer ontem na casa-grande. — Enquanto falava, Leôncio passava a mão no braço, no lugar de onde lhe foi tirado o sangue infestado.

— Você agora é um dos nossos. Venha, meu filho, venha nos abraçar. — Drácula abriu os braços.

— Não! O que vocês irão abraçar se chama morte.

Álvaro partiu para cima dos vampiros e o que se viu foi uma luta de caratê como ninguém havia visto antes. Álvaro contra o mais poderoso dos vampiros, Drácula; e Leôncio, que se não apresentava nada de especial pelo menos era uma vampiro, o que já é assustador por si só. Os três lutando faziam coreografias à la Bruce Lee. Subiam nos telhados, lutavam com adagas e espadas. Ninguém vencia ninguém até que Álvaro acertou Drácula com um balde. Drácula deslocou a clavícula e ficou impossibilitado de lutar.

A briga parou, entraram os paramédicos numa ambulância do Samu com o slogan: "Brasil, um país para todos". Os paramédicos imobilizaram o ombro de Drácula, que foi levado na ambulância e saiu fazendo um "joinha" da maca, para que os vampiros espalhados pelo mundo que o vissem pela TV soubessem que estava tudo bem.

— Agora somos nós dois.

Álvaro agora tinha a certeza da vitória. Leôncio sabia disso e afinou a voz. Estava apavorado, morrendo de medo de Álvaro, um vampiro mais poderoso que ele e alfabetizado também.

— Fique com Isaura, fique com a fazenda, fique com tudo. Eu vou embora, vou para Galápagos, onde os bichos são estranhos e as tartarugas têm pescoços gigantescos.

— Você vai mesmo embora? Não vai mais nos importunar?

— Não credita no bicho chupador de sangue, sinhozim Árvro. Esse bicho é atraiçoiero. — Essa voz era a voz de Vó Ziquinha ou a voz da experiência que não foi ouvida por Álvaro.

— Tudo bem, vou acreditar em você. Assine este documento libertando Isaura e suma daqui.

— Álvaro, não faça isso! Ele está mentindo. Ele não vai assinar. — Disse Isaura, desperada, pois seu sexto sentido lhe dizia que Leôncio arrumaria uma maneira de atacar Álvaro quando ele se descuidasse. Algo como pegar uma caneta e furar-lhe o pescoço. Bobagens de mulher, sabe?

— Você tem uma caneta para me emprestar? — Perguntou Leôncio.

— Ah, claro. Pegue esta que tem bico em aço inox e assine.

— Eu assino só no final ou em outro lugar também?

— Deixe-me ver.

Álvaro se descuidou lendo o documento para ver onde Leôncio deveria assinar e foi nesse momento que Leôncio acertou-lhe o pescoço com uma canetada, assim como havia previsto o sexto sentido de Isaura.

Leôncio aproveitou que Álvaro estava caído e sem forças, pegou um machado que estava ali na senzala e se preparou para esquartejar o inimigo. Ao erguer o machado, sentiu a estaca entrar no seu peito. Enquanto Álvaro estava na casa-grande, Vó Ziquinha e Isaura fizeram uma estaca com o pé de uma mesa e o untaram com o melhor alho produzido nas dependências da Alvaralho Ltda. A velha escrava sabia que essa era a forma de matar um vampiro. Fizeram um unguento no ferimento de Álvaro e levaram o corpo de Leôncio para a pátio. Isaura mandou chamar os índios da tribo dos Tupinambás. Eles vieram, cortaram o corpo de Leôncio em pedaços pequenos e o fritaram à passarinho.

Com a morte de Leôncio, o senado decretou luto oficial de três dias. Algumas pessoas que Leôncio mordeu e viraram vampiros continuaram mordendo outros e esses outros mais outros, até que o vampirismo virou epidemia nacional. Quem acabou com isso foi Oswaldo Cruz, que descobriu uma vacina ao mesmo tempo contra a febre amarela e o vampirismo. Quando Oswaldo quis vacinar a população, os vampiros se revoltaram e esse episódio ficou conhecido na História do Brasil como a Revolta da Vacina.

ÚLTIMO CAPÍTULO ou

Epílogo

Álvaro se casou com Isaura no dia 13 de maio, dia da Abolição da Escravatura. Depois que Isaura tomou conta da vida e dos negócios de Álvaro, houve uma revolução na fazenda, onde deixou-se de plantar cana-de-açúcar e passaram a produzir alho. Os lucros eram divididos com os antigos escravos, que agora eram livres e ainda podiam comprar ações da Alvaralho com descontos. Álvaro passou o resto de sua vida sendo vampiro, mas não era um vampiro praticante e não tinha medo do sol, nem de alho. O único problema é quando Isaura ficava menstruada, ele não podia ficar por perto e saia para pescar.

Sabem por que esta é uma obra romântica? Porque termina com Álvaro na varanda da casa-grande beijando Isaura, grávida do primeiro filho.

Enquanto isso, um belo sapo observava uma moriçoca....

Clássicos Fantásticos

Como seriam alguns de nossos clássicos se tivessem sido escritos hoje?

Foi com esta ideia que surgiu a coleção Clássicos Fantásticos. Quatro autores com grande experiência em humor e roteiros para TV se debruçaram sobre algumas de nossas obras mais festejadas e criaram uma versão desses livros, agora com elementos de ficção moderna.

Os leitores irão se surpreender ao perceber que, partindo da história original, foi possível incluir elementos fantásticos e criar tramas sem perder o significado dos clássicos.

MACHADO DE ASSIS E NATALIA KLEIN

O alienista caçador de mutantes

Agora, a vila de Itaguaí é alarmada pela queda de uma nave espacial e por uma névoa que causa mutações alienígenas. Quem cuidará do caso é o médico Simão Bacamarte, que recebeu do povo a alcunha de alienista, uma combinação de alien com especialista.

JOSÉ DE ALENCAR E ANGÉLICA LOPES

Senhora, a bruxa

Em 1875, José de Alencar criou "Senhora", essa destruidora de corações que comprou o único homem que se atreveu abandoná-la. Nesta nova versão do romance clássico o folhetim de época vira uma trama sobrenatural, com elementos de magia.

MACHADO DE ASSIS E LÚCIO MANFREDI

Dom Casmurro e os discos voadores

A trama romântica com a famosa personagem clássica Capitu agora sofre a interferência de seres alienígenas e andróides, disfarçados sob os personagens originais de Machado. Bentinho não está apenas envolvido no triângulo amoroso, mas numa disputa de forças intergalácticas.

LEIA TAMBÉM:

MICHAEL TOMAS FORD

Jane Austen, a vampira

Imagine uma autora das mais festejadas nos dias de hoje, ma que pertence ao século 18, assistindo a todo tipo de adaptação de sua obra sem poder falar nada! Imagine que ela se transformou em vampira, tornou-se dona de uma livraria e, Lorde Byron, c vampiro que cortou o seu coração, ao trocá-la pela psicótica Charlotte Brontë, ressurge em sua vida causando um turbilhão de situações absurdas.